I0657654

CHRISTOPHE COLOMB

Grand in - 8°. 3e série.

CHRISTOPHE COLOMB

(D'après le tableau original de la bibliothèque
du roi d'Espagne.)

L'abbé **MÉRESSE**

CHRISTOPHE COLOMB

ET

SA MISSION DIVINE

Ouvrage orné de gravures.

PARIS

rue des Saints-Pères, 30

J. LEFORT, IMPRIMEUR, ÉDITEUR

A. TAFFIN-LEFORT, Successeur

rue Charles de Muyssart, 24

LILLE

CHRISTOPHE COLOMB

CHAPITRE PRÉLIMINAIRE

Au moment où non seulement l'Amérique, l'Italie et l'Espagne, mais encore la Chrétienté tout entière, se disposent à célébrer le glorieux centenaire de Christophe Colomb; à la veille du jour où le Saint-Siège va se livrer à l'étude de la question si importante de sa canonisation, il ne nous a pas suffi de nous associer aux vœux ardents de tous les cœurs catholiques pour le succès de cette sainte cause; nous avons de plus éprouvé le besoin de joindre aux nombreux hommages réservés à cette illustre mémoire, ce modeste tribut de notre pieuse admiration (1).

(1) Ce chapitre a paru dans le *Bulletin des Écoles*, au commencement de l'année 1892.

Comme toutes les œuvres qui portent le cachet divin, l'histoire de Christophe Colomb a été fréquemment dénaturée ou travestie. La plume des écrivains incrédules ou protestants n'a su reconnaître, ni le vrai caractère de ce génie chrétien chez qui la foi a enfanté tous les héroïsmes, ni le véritable but assigné à son existence remplie de si éclatants triomphes et d'infortunes si douloureuses. Quiconque désire se rendre un compte exact de cette noble et majestueuse figure, doit demander ses renseignements à ces auteurs dont le talent religieux sait mettre toute vérité en lumière, et laisser aux faits toute leur éloquence. Ce sont ces derniers que nous-même avons consultés, avant d'appeler l'intéressante jeunesse de nos écoles au récit de la vie du grand amiral dont elle a déjà sans nul doute entendu vanter les exploits ; c'est sur leurs écrits que nous nous sommes appuyé, pour mettre en relief ses vertus les plus cachées et les plus mystérieux incidents de sa mission céleste ; mais ce sont surtout leurs témoignages que nous nous sommes plu à invoquer, pour essayer de faire resplendir dans tout son éclat, l'action souveraine et transparente de la Providence dans tous les événements qui signalèrent son entreprise, une des plus merveilleuses de tous les âges.

Loin d'avoir la prétention de faire une œuvre magistrale comme celle des célèbres écrivains qui l'ont déjà fait admirer, ou de nous rapprocher des conceptions puissantes du meilleur d'entre tous, le comte Roselly de Lorgues, nous nous sommes appliqué, au contraire, tout en nous inspirant de leurs pensées, à rester dans notre rôle de modeste historien, et à donner à notre travail le ton de simplicité qui lui convenait et qui ne nuira en rien, nous l'espérons, à la grandeur et à la beauté du sujet. Laissant également de côté les digressions inutiles, les épisodes languissants, les amplifications légendaires, nous ne nous sommes attaché qu'à ce qui devait contribuer davantage à faire ressortir la vérité historique qui se dégage de tant de récits merveilleux, et à rendre plus saisissante, plus belle et plus pure, la physionomie du héros dont nous voulions retracer l'édifiante existence ; car si l'on a bientôt fini d'exalter les hauts faits d'un conquérant, on peut toujours recueillir un nouvel enseignement des exemples d'une sainte vie. Aussi, de toutes les études auxquelles nous nous sommes appliqué, n'avons-nous retenu que ce qui pouvait plus puissamment nous aider à montrer dans Christophe Colomb, *l'apôtre prédestiné par Dieu à la conquête du Nouveau Monde.*

Christophe Colomb ne fut pas seulement, en effet, un de ces hommes célèbres qui laissent de leur passage ici-bas une trace profonde et durable ; un de ces génies savants dont les recherches et les découvertes assurent la prospérité des nations qui secondent leurs efforts ; un de ces civilisateurs qui appellent les habitants des contrées sauvages aux lumières et aux ressources des peuples éclairés, il fut encore une de ces influences bienfaisantes qui remplissent tout un siècle, caractérisent toute une époque, et s'imposent pour toujours à la reconnaissance universelle ; mais il fut surtout, comme son nom paraît l'indiquer, l'Elu choisi du Ciel pour *porter le Christ, Christum ferens*, au milieu des ombres épaisses de l'idolâtrie ; la nouvelle colombe de Noé qui devait traverser les eaux pour apporter l'olivier, c'est-à-dire la grâce et la paix que donne le baptême, à ces peuplades plongées dans les ténèbres de l'erreur ; et c'est pour cela que, suivant le paternel encouragement de Sa Sainteté Léon XIII, « nous devons conserver à l'illustre navigateur, un glorieux souvenir. »

A l'Église en appartient le premier droit ; en vain la science, la politique, la prétendue sagesse humaine, semblables aux villes de l'Italie qui se disputent la gloire d'avoir vu naître le héros, voudraient revendiquer l'honneur de ses découvertes : celles-ci sont l'œuvre d'une inspiration qui ne s'acquiert ni par la volonté, ni par le travail, ni même par la vertu, et qui n'est que le fil invisible dont la Providence daigne parfois se servir pour ourdir la trame de ses miséricordieux desseins. Sans doute, nul ne saurait nier que Christophe Colomb ne fût un grand génie rempli de savoir, de constance et d'audace ; mais il fut surtout un génie inondé des splendeurs et des lumières de la foi ; et c'est à ces clartés surnaturelles et à sa docilité à les suivre d'une manière persévérante, qu'il dut tout son triomphe. Même dans le succès de ses premières études, ce génie se plaisait à reconnaître un moyen divin mis à sa disposition pour arriver à son but : « *Notre-Seigneur combla mes désirs*, lisons-nous dans la lettre qu'il écrivait en 1501 aux rois catho-

liques, *en me donnant tout jeune, l'esprit de pénétration.*
Il permit qu'après avoir acquis une science suffisante en
géométrie, en astronomie, je devinsse fort entendu en l'art
de navigation. De plus, il me fit industrieux, et rendit mes
mains habiles à retracer convenablement les divers aspects
de notre sphère avec ses villes, ses montagnes, ses fleuves,
ses îles et ses ports. Tout en acquérant ces différentes
connaissances, je m'appliquais à voir, à étudier tous les
ouvrages d'histoire, de cosmographie, de philosophie et
d'autres sciences; c'est ainsi que l'évidente main de Notre-
Seigneur, m'ouvrant l'intelligence, la dirigea vers l'idée
d'aller à la recherche des Indes, et m'inspira la ferme
volonté de poursuivre l'exécution de ce projet.

C'est donc à tort que certains auteurs n'ont vu dans
ce projet, qu'un besoin de l'explorateur de devancer la
science de son siècle; une aspiration à compléter le
globe; à en établir l'unité par la conquête, les idées, les
institutions, le prosélytisme religieux, en un mot, tout ce
qui concourt aux relations des peuples; l'âme ardente
du missionnaire élevait ses vues plus haut, et « nous ne
devons pas, comme le disait si chaleureusement Monseigneur Dupanloup, laisser l'impiété dénaturer les
grands événements et travestir les grands hommes qui
appartiennent à l'Église. Le présent inattendu du nouveau monde à l'ancien, est l'événement le plus étonnant
de l'histoire; mais c'est pour la conquête des âmes, par
une inspiration de foi, avec l'encouragement de l'Église
et d'elle seule, que l'admirable Génois a entrepris, poursuivi et accompli sa découverte. » Dans une lettre toute

récente du Souverain Pontife Léon XIII, nous retrouvons le même témoignage : « Colomb a exécuté de si grandes choses, écrit le Saint-Père ; sa persévérance et son génie sont devenus pour les deux hémisphères la source de si grands biens, que sous ce rapport, peu d'hommes peuvent lui être comparés. Mais s'il a entrepris des voyages si difficiles, s'il a affronté de grandes fatigues et d'immenses dangers, il l'a fait dans le but de frayer de nouvelles voies à la propagation de l'Évangile ; d'amener des peuples nombreux encore plongés dans les ténèbres de la mort à la connaissance du vrai Dieu, et de les gagner à Jésus-Christ. »

Les exigences de l'amiral concernant sa réussite, ne sauraient être davantage considérées comme le fait d'une déplorable cupidité ou d'une coupable ambition. Comme tous les hommes de cœur, le héros savait se dévouer avec désintéressement, simplicité et modestie, n'attendant pour récompense que la consolation d'avoir cherché à faire le bien ; et s'il ne souffrit jamais qu'on essayât d'obtenir un adoucissement à ses conditions, c'est que rien n'eût pu l'amener à la ruine de sa plus chère espérance. Amasser des richesses énormes pour acheter des Musulmans le tombeau du Christ ; lever au besoin des troupes nombreuses pour marcher à sa délivrance ; en rendre l'accès facile et libre à tous les peuples, tel fut le souffle chrétien qui, suivant l'expression d'un éloquent prélat (1), « donna des ailes au génie de Christophe Colomb, et le poussa à ses merveilleuses découvertes ; »

_____

(1) Mgr Dubreuil, archevêque d'Avignon.

tant il est vrai de dire que sa véritable supériorité, le secret de sa grandeur, se trouve dans sa foi; que c'est parce qu'il fut plus religieux encore que son temps, parce qu'il fut un chrétien dont la confiance était affermie en Dieu, qu'il devint navigateur sublime; et qu'il ne fut un grand homme, que parce qu'il fut un saint.

Dieu pouvait transformer le plan de son apôtre, sans que celui-ci perdît du mérite de ses pieux désirs et de ses généreux efforts. Aux regards de l'Église et de son divin Fondateur, en effet, le tombeau du Christ, ce n'est pas seulement le sépulcre sacré de Jérusalem; ce sont sur tout les âmes auxquelles l'Évangile est inconnu et qui n'ont pas encore bénéficié du bienfait de la Rédemption; et il était plus glorieux pour le missionnaire et plus profitable à la cause qu'il voulait servir, de triompher de la mort spirituelle de ces pauvres insulaires, que de parcourir en vainqueur les plaines de la Palestine. Dirigé par la volonté du ciel vers cette vaste nécropole, couverte comme la montagne où fut transporté Ézéchiel, d'ossements desséchés, c'est-à-dire d'individus vivant sans foi, sans espérance et sans amour, Colomb devait, comme le prophète, devenir l'instrument du Très-Haut pour les faire renaître à une vie nouvelle, et ranimer du souffle de sa charité, ces cadavres dont les yeux étaient demeurés jusque-là fermés à la véritable lumière et dont les cœurs n'avaient jamais battu sous les inspirations de la grâce. Le même chant de guerre du nouveau Croisé répondit comme un écho fidèle à celui qu'avaient fait entendre deux ou trois siècles auparavant, les nobles et vaillants soldats marchant *à la conquête de la Terre Sainte;* et c'est au cri de *Dieu le veut,* qu'il allait s'avancer comme un nouveau Sauveur, vers ces âmes assises à l'ombre de la mort qu'il devait racheter, lui aussi, par le mystère de ses souffrances.

CHAPITRE II

Premières années de Christophe Colomb.

Christophe Colomb naquit à Gênes, en l'année 1435. Quelques historiens, tombant dans le travers des esprits superficiels qui croient qu'une haute naissance contribue à la gloire des grands hommes, semblent s'être particulièrement attachés à démontrer qu'il appartenait à une famille distinguée et opulente ; d'autres, au contraire, affirment qu'il était de race obscure et de très humble condition ; mais ni les uns ni les autres ne sauraient préciser la date de son entrée dans la vie, ni celle de son adoption dans le sein de l'Église. Il y aurait lieu de s'étonner de cette incertitude, de cette sorte de mystère qui plane sur la véritable origine de notre héros, si l'on ne pouvait la considérer comme un signe précurseur de l'action exclusive que la Providence se proposait d'exercer sur toute son existence. Qu'importe, en effet, que l'ambassadeur de Dieu soit issu d'une génération plus ou moins brillante ? Quelle généalogie lui aurait valu l'hon-

neur de sa parenté spirituelle avec les saints Apôtres
chargés par le Sauveur d'annoncer aux peuples *la bonne
nouvelle*, avec ces nombreux missionnaires qui ont arrosé
de leurs sueurs et parfois même de leur sang, le sol sur
lequel ils allaient répandre la divine semence de leurs
enseignements et de leurs exemples? enfin, avec tous ces
illustres personnages qui depuis l'origine du Christianisme, ont fait la gloire de leur patrie, de l'humanité et
de la religion par l'éclat de leur génie et l'héroïsme de
leurs vertus? quel besoin avait-il de la renommée de ses
ancêtres, celui dont les infortunes plus encore que les
exploits, devaient consacrer le nom vénéré et béni, le
faisant triompher des injures du temps, comme elles
l'avaient vengé de l'ingratitude et de l'envie?

Et pourquoi regretterions-nous que les annales civiles
et les annales religieuses n'aient conservé aucune trace
du jour de sa venue en ce monde et de son admission au
rang des chrétiens ?

Les bienfaits qui résultent de sa découverte sont trop
nombreux pour ne pas assurer à sa mémoire les reconnaissants hommages d'une impartiale postérité ; et d'un
autre côté, l'Élu du Christ a porté trop haut dans ses
paroles, ses écrits et ses actes, l'étendard de la véritable
grandeur, pour ne pas demeurer aux yeux de tout cœur
catholique un admirable et touchant modèle.

Christophe lui-même se préoccupait peu de la lignée
dont il pouvait descendre ; son unique soin consistait à
se montrer en tous points attentif et docile à la voix inté-
rieure qui dirigeait tous ses actes et nous n'en saurions

trouver de témoignage plus éloquent que ces lignes adressées un jour à la nourrice du prince Don Juan de Castille : « *Je ne suis pas le premier amiral de ma famille ; et·toutefois, on peut me qualifier comme on l'entendra. Avant d'être roi très sage et très puissant, David, fut gardeur de troupeaux. Je suis, et je tiens à être par-dessus tout, le très humble et très soumis serviteur de ce même Dieu qui présida aux destinées de David.* »

Réduit par les guerres lombardes à un état voisin de la misère, le père du futur navigateur, Dominique Colomb exerçait la modeste profession de cardeur de laine, et partageait avec son épouse, Suzanne Fantanarossa, une brave et digne villageoise, la tâche souvent pénible de nourrir et d'élever convenablement les cinq enfants qui étaient venus bénir et resserrer leur union. A défaut de noblesse du sang il transmettait à chacun de ses fils, avec les précieuses traditions d'une foi profonde et éclairée, le trésor d'une éducation essentiellement chrétienne ; mais il ne formait pas d'autre rêve que de les voir plus tard s'engager à leur tour dans la route honnête et laborieuse qu'ils avaient eux-mêmes parcourue.

Toutefois, frappé de l'intelligence précoce de son aîné, de ses aptitudes extraordinaires à tout ce qui se rapportait à la science, il ne voulut pas contrarier ses penchants pour l'étude, et consentit à l'envoyer passer quelque temps à l'Université de Pavie, l'une des plus renommées de l'époque.

L'enfant n'avait alors que neuf ans, déjà il annonçait les plus heureuses dispositions. Ses regards n'avaient

guère jamais contemplé, il est vrai, que le firmament et
la splendide mer de Gênes ; mais s'il est permis de penser
que nos inclinations naissent le plus souvent des premiers
spectacles que la nature offre à nos sens ; que notre
imagination est comme le miroir des premières scènes
qui ont captivé notre esprit ; que notre vie tout entière
se ressent des impressions éprouvées au cours de notre
enfance, l'on ne saurait s'étonner que l'astronomie et la
navigation aient entraîné de bonne heure ce génie médi-
tatif et silencieux vers les deux immenses horizons qui
s'étendaient devant lui. Mais c'est à tort que certains
auteurs n'ont vu dans ses aspirations poétiques que les
tendances d'une âme naturellement portée à la rêverie :
une douce et tendre piété en constituait plutôt le véritable
élément. Ce que l'enfant cherchait avant tout au fond de
toute œuvre divine, c'était Dieu lui-même, et si fréquemment son cœur comme sa pensée se plaisait à franchir
les espaces, c'était moins pour satisfaire son besoin
d'interroger l'inconnu, que celui d'adorer et de louer le
Divin Auteur de tant de merveilles. *J'entrais tout petit à
la mer*, écrivait-il plus tard, *et cette carrière porte qui la
suit à souhaiter de pénétrer les secrets de ce monde. Et
quoique*, ajoutait-il humblement, *je sois un très grand
pêcheur, la compassion et la miséricorde de Notre-Seigneur
couvrant mes fautes, j'ai trouvé la consolation la plus
douce dans la merveilleuse contemplation de son œuvre.* »
    Christophe suivait avec autant d'assiduité que de
bonheur les cours de l'école de Pavie ; il avait déjà fait
de rapides progrès dans l'étude de la géographie, de

l'arithmétique, de la géométrie, de la philosophie, en un
mot de toutes les sciences qui devaient en faire un jour
un habile marin, lorsque la gêne de ses parents le contraignit à abandonner les livres pour venir partager leurs
travaux. Sacrifiant sans murmure ses désirs et ses goûts,
l'adolescent se soumit avec docilité aux volontés paternelles, et durant deux longues années, on le vit occupé
à carder la laine et à tisser le drap. Mais cette profession

Armes de Colomb.

sédentaire ne pouvait convenir à ce tempérament ardent
et vif que poussait vers la mer un penchant irrésistible.
Dominique comprit qu'il y aurait cruauté à renfermer
plus longtemps entre des murailles étroites et sombres
cette nature entreprenante qui ne rêvait que flottes,
embarquements et expéditions lointaines ; et il permit à
son fils de s'engager comme mousse sur un des nombreux
navires qui sillonnaient la Méditerranée. La perspective
des aventures, des surprises et des périls de cette exis-

tence mouvementée, consacrée tantôt au commerce, tantôt à la guerre, loin d'ébranler le courage de l'enfant, souriait au contraire à sa vaillance, et il se déclara au comble de ses vœux, lorsqu'il put caresser l'espoir d'affronter les tempêtes, de se défendre contre les attaques des pirates et des corsaires, et surtout de prendre part aux combats incessants que se livraient le long des côtes de la Syrie les musulmans et les chrétiens.

Le détail des premières phases de cette existence austère, active, faite de privations et de dangers, n'est point parvenu jusqu'à nous ; et il faut se borner à des conjectures sur l'emploi des dix années qui suivirent l'embarquement du nouveau mousse.

Tout porte à croire qu'il fit plusieurs voyages en Orient et en Occident, naviguant sur les vaisseaux armés par les maisons de Gênes pour disputer les ports de la Méditerranée aux Espagnols, aux Turcs et aux Arabes ; se distinguant comme savant et comme matelot, et faisant déjà preuve de cette sûreté de coup d'œil, de cette promptitude de résolution, de ce sang-froid admirable, de cette volonté énergique, de cette bravoure invincible qui devaient assurer plus tard le succès de sa merveilleuse entreprise. « C'est, dit un de ses historiens (1), un spectacle du plus haut intérêt que d'observer le développement précoce du génie de Christophe Colomb, au milieu de difficultés si propres à l'éteindre. Au sein des luttes qui assiègent un jeune homme sans appui et sans fortune, il n'en paraît pas moins avoir toujours

(1) Washington Irving.

nourri de hautes et nobles pensées, ne formant dans ses aspirations que des projets glorieux. Les dures et fortes leçons de sa jeunesse lui donnèrent cette science pratique, cette fertilité de ressources, cet empire constant sur lui-même qui le caractérisèrent dans la suite. » Le portrait qui nous a été laissé de la vie privée du jeune marin est plus admirable encore : « Très sobre dans le manger et dans le boire, lisons-nous dans l'ouvrage écrit par son fils, il était en outre d'une grande simplicité dans sa mise. Affable avec tous, il se montrait avec les siens d'une douceur rare, en gardant toujours la plus digne gravité.

» Sa fidélité à observer toutes les pratiques pieuses allait jusque-là que, pour les jeûnes commandés et les prières, il semblait qu'il eût fait profession religieuse. Son aversion pour le blasphème et les juremens était si profonde, que jamais on ne l'entendit jurer que par saint Ferdinand. Si d'aventure il arrivait que quelqu'un eût excité sa colère, tout au plus s'écriait-il : *Je vous donne à Dieu pour ce que vous m'avez dit ou fait.* »

A partir de 1459, on commence à posséder sur l'histoire de Christophe Colomb des documents certains. L'élève est devenu maître ; l'humble mousse est devenu un brave et vaillant officier ; la foi fait du pieux enfant, du cardeur de laine un jeune homme vertueux et bon ; et c'est avec un intérêt toujours croissant que nous allons le suivre dans les mille et une péripéties de sa vie extraordinaire et de sa mission surnaturelle.

CHAPITRE III

Action providentielle sur les débuts de sa carrière et sur son mariage.

Chargé à plusieurs reprises du commandement d'obscures expéditions navales dans la marine militaire de son pays, Christophe Colomb vit, en 1459, ses services agréés par le duc d'Anjou qui avait sollicité le concours et l'appui de la ville de Gênes, pour essayer de reconquérir le royaume de Naples. Dans la suite, il prit part aux exploits de la flotte napolitaine dans l'attaque de Tunis, et sous les ordres d'un de ses parents, Christophe l'Archipirate, on le vit courir tous les dangers qu'affrontaient à cette époque les escadres Génoises, sans cesse en guerre avec les Espagnols et les infidèles. Mais le futur explorateur se trouvait à l'étroit dans ce cercle restreint qui ne lui permettait pas de donner libre cours à ses aspirations et de s'élancer à son gré sur le vaste Océan, et il chercha l'occasion qui lui fournirait le moyen

d'entreprendre de plus longs voyages. Admis sur un
navire en partance pour la mer du Nord, il fut bientôt
remarqué et choisi comme lieutenant par un de ses
compatriotes, Colombo le Jeune, neveu du hardi Corsaire
dont nous venons de parler, et dont la réputation
d'homme de mer était non moins fameuse que celle de
son oncle. Telle était l'étendue de son renom, que les
enfants n'en entendaient parler qu'avec effroi, comme
d'une sorte d'être terrible ; et nul doute que son indomptable énergie jointe à son intrépide courage, ne fût
l'aimant irrésistible qui attira l'un vers l'autre les deux
marins.

Ne reculant devant aucun effort ni devant aucun
sacrifice pour satisfaire ses goûts aventuriers, Colombo
le Jeune avait fait construire à ses propres dépens, des
vaisseaux sur lesquels il luttait tantôt contre les Véni-
tiens, tantôt contre les Turcs. De concert avec Christophe,
il multipliait chaque jour ses projets de pérégrinations,
lorsqu'il apprit que quatre galères revenaient de Flandre
richement chargées et se dirigeaient sur Venise.

La perspective d'une telle capture ne pouvait que
sourire au vaillant capitaine qui n'hésita pas à se mettre
à leur recherche et à leur barrer le passage. Il les rejoignit,
près du cap Saint-Vincent. Cette rencontre aurait infailliblement coûté la vie à notre héros, si la Providence qui
le destinait à de si grandes choses, ne l'avait protégé
d'une manière toute particulière. Le récit que nous a
laissé son fils de cet événement fait lui-même mention
du secours inespéré qui lui fut envoyé. A peine les

navires s'étaient-ils accostés, y lisons-nous, qu'une lutte terrible s'engagea entre les matelots qui, animés de fureur et soutenus par un même courage, employaient réciproquement tous les moyens de nuire à leurs ennemis. Commencé dès le matin, le combat qui avait fait beaucoup de victimes dans les deux rangs, durait encore à la chute du jour, lorsque le feu se déclara en même temps sur le vaisseau Génois où se trouvait l'amiral et sur une des grosses galères vénitiennes, ces deux vaisseaux étant liés ensemble par les grappins et les chaînes dont se servent les marins en cas d'abordage. Le désordre était trop grand pour que d'un côté ou de l'autre, il fût possible de songer à conjurer le désastre. En peu de temps, l'incendie prit de telles proportions, que tous ceux qui s'effrayaient à la pensée de mourir dans les flammes, n'eurent d'autre ressource que de s'exposer à une mort relativement plus douce, en se jetant à la mer.

Quoique excellent nageur, Christophe, éloigné de la côte de plus de deux lieues, aurait péri comme tous les autres si un bras invisible n'avait mis à sa portée un aviron qu'il put heureusement saisir. S'aidant de cet appui, fendant l'eau de toutes ses forces, mais surtout se recommandant à Dieu qui, maintes fois déjà, l'avait sauvé de tels dangers, il ne perdit pas courage et parvint à atteindre la rive, épuisé, brisé de fatigue, mais néanmoins l'âme encore assez vaillante pour élever vers le ciel sa prière reconnaissante.

La main divine avait conduit le confiant naufragé non loin de Lisbonne, qui plus encore que pour tout autre

marin devait devenir pour lui une véritable patrie. Après
quelques jours d'un repos nécessité par la périlleuse
secousse qu'il venait de subir, Christophe se dirigea vers
cette ville qu'habitaient un nombre assez considérable de
Génois, et où, à sa joyeuse surprise, il retrouva l'un de
ses frères, Barthélemy Colomb. L'accueil qu'il reçut
de ses compatriotes ajouta encore au bonheur de cette
rencontre, et décida notre héros à se fixer dans la capitale
du Portugal ; mais il y aurait mené une existence pénible,
s'il n'avait dû de nouveau trouver la récompense de sa
piété et de sa foi. Ce furent en effet ses habitudes religieuses
qui décidèrent d'un des actes les plus importants de sa
vie : celui de son union avec la douce et fidèle compagne
dont l'affection devait l'encourager dans ses premières
tristesses et dans sés premières luttes, et dont les relations de famille devaient lui procurer le crédit indispensable à la réalisation de ses projets.

Comme si une secrète intuition l'avait averti qu'il ne
recevrait que du cloître les consolations qui pouvaient
lui venir de la terre, Christophe avait choisi de préférence
pour le lieu de ses dévotions l'église de Tous-les-Saints,
dépendante d'un couvent de franciscaines auprès desquelles vivaient dans la prière et la retraite plusieurs
personnes de haute noblesse que le malheur ou un désir
particulier de perfection tenaient éloignées du monde.
L'une d'entre elles, Philippa de Pelestrello, fut bientôt
frappée de la distinction et de l'attitude modeste et
recueillie du jeune étranger qui assistait chaque jour avec
autant de ferveur à la célébration des saints mystères,

et lorsqu'elle apprit qu'il était comme elle, italien de naissance, elle n'hésita pas à lui accorder sa main.

Christophe Colomb, alors âgé de trente-cinq ans, était à cette époque, d'après le témoignage de l'historien Washington, dans toute sa vigueur intellectuelle et physique. D'une taille moyenne, mais bien prise, le nez aquilin, les yeux gris-clairs, il avait dans le regard une expression de douceur qui en tempérait la vivacité ; ses cheveux jadis blonds avaient été prématurément blanchis par les veilles et les préoccupations de la pensée, tandis que tout son maintien était empreint d'une dignité sans hauteur et d'un air de noblesse exempt de toute affectation. Il savait intéresser à sa personne tous ceux qui l'approchaient, et nul ne s'entretenait avec lui sans comprendre qu'il y avait dans son âme un quelque chose de supérieur et d'inspiré qui en faisait un homme à part. De son côté, Dona Philippa était fille d'un navigateur célèbre, Barthélemy Moris de Pelestrello, qui, le premier, avait découvert les îles de Porto-Santo et de Madère, et qui, en récompense de ses services, avait été nommé gouverneur de ces colonies et officier de la maison royale. Quoique ruinée par les chanceuses entreprises de son père, elle avait reçu une éducation en rapport avec la situation que celui-ci occupait à la cour, ce qui ne l'avait pas empêchée d'hériter des nobles qualités qui distinguaient sa mère.

Les deux époux firent donc preuve de sagesse en sacrifiant les avantages de la fortune à une alliance faite d'affection et d'estime ; et leur bonheur eut été complet si la gêne n'avait plus d'une fois menacé leur foyer. Mais les luttes de la pauvreté sont de celles que savent soutenir les âmes saintes et vaillantes, et le nouveau chef de famille sut faire face à l'épreuve en mettant à profit sa magnifique écriture et sa pratique du dessin. Pour y arriver, il ne dédaigna pas de copier des manuscrits, de tracer des plans nautiques, de fabriquer des globes ter-restres, des cartes de géographie et même de faire revenir les ouvrages qu'il savait être les plus appréciés de la population, afin de pouvoir les revendre avec un léger bénéfice. Ses connaissances littéraires et scientifiques s'accrurent de la lecture de ces mêmes livres auxquels s'ajoutaient les notes, les journaux, les récits de voyages de son beau-père ; et nul doute que Christophe ne puisât dans les ressources qu'il regardait comme des trésors la confirmation de la grande idée qu'il avait depuis longtemps conçue et que son puissant génie allait bientôt réaliser.

CHAPITRE IV

Plan de Christophe Colomb.

Les nombreux incidents de la vie glorieuse du beau-père de Christophe Colomb avaient à un si haut point intéressé notre héros, qu'il n'éprouva bientôt plus d'autre désir que celui de visiter les terres que Piétro Mogniz avait découvertes.

C'est ainsi qu'il fit plusieurs excursions vers l'île de Madère, les Açores et les îles Canaries ; qu'il côtoya une grande partie de l'Afrique, et qu'il pénétra dans la Guinée, jusqu'à l'embouchure du Fleuve d'Or. Le résultat de ces différents voyages fut de changer en conviction intime et profonde, les conjectures qu'avait fait naître dans son esprit le genre d'occupations auxquelles il devait se livrer pour soutenir sa nouvelle famille. En effet, les études et les recherches qu'il avait dû faire pour donner à ses globes une exactitude incontestable, pour corriger les erreurs multiples des récits et des cartes géographiques, pour rapprocher les récentes découvertes et établir entre elles une irréfutable concordance, parurent faire jaillir dans son intelligence exercée de nouvelles lumières concernant l'immense partie du globe qui n'avait pas encore été explorée, et durent concourir à tracer dans sa pensée les grandes lignes du plan audacieux qu'il était appelé à réaliser plus tard. Ne pouvant admettre que dans toute cette étendue de l'Océan où aucun navire n'avait jamais pénétré, il ne se trouvât ni continents, ni îles, ni populations, il commença à partager l'opinion des anciens dont les mémoires laissaient soupçonner l'existence d'un monde antipode ; mais bientôt il ne se contenta plus d'y croire, il conçut l'espérance d'arriver à le découvrir.

Depuis un certain nombre d'années déjà, cette passion des découvertes animait les navigateurs, qui, enhardis par quelques succès, poussés par des considérations personnelles et commerciales, encouragés par les progrès que faisait chaque jour la science maritime, multipliaient leurs efforts et leurs expéditions pour étendre chaque jour davantage la puissance de leur pays sur les rivages connus. Les Portugais tenaient la tête de ce mouvement qui portait les flottes à s'aventurer de plus en plus sur le vaste Océan ; Lisbonne, leur capitale, jouissait de la réputation glorieuse de posséder les pilotes les plus expérimentés, les savants les plus illustres, les géographes les plus distingués ; mais après s'être avancés jusque sur les côtes occidentales de l'Afrique, ils avaient presque renoncé à l'espoir de résoudre la grande question qui était alors à l'ordre du jour : la possibilité de pouvoir se rendre aux Indes par la mer.

Tel était, en effet, le principal objet des entreprises maritimes du xvᵉ siècle ; car la route qui traversait l'Asie Mineure, la Perse, la Tartarie pour arriver au pays des Épices, était longue et périlleuse, et ne pouvait offrir aucune ressource au commerce, les transports y devenant trop difficiles et trop coûteux. Tous les peuples du littoral européen, et particulièrement les populations riveraines de la Méditerranée, aspiraient après l'établissement de communications plus pratiques, et caressaient par là une idée loin d'être nouvelle, à en juger par les écrits des savants anciens et de ceux du Moyen Age. Dans son deuxième livre *du ciel et du monde*, Aristote avait attesté que l'on devait pouvoir aller en quelques jours des Indes à Cadix ; Averroës avait confirmé ce dire ; et, dans son ouvrage des· *questions naturelles*, Sénèque émettait la même opinion. Strabon était du même avis et prétendait qu'aucune armée n'était jamais en réalité parvenue à l'extrémité orientale des Indes ; Ctésias assurait que ces dernières étaient aussi grandes que toute l'Asie ; Pline assignait à leur étendue les limites qui bornent le tiers de la sphère terrestre ; Néarque leur prêtait des plaines qu'on ne pouvait franchir que dans l'espace de quatre mois ; et plus tard, Albert le Grand, Vincent de Beauvais, Marc Polo et Pierre d'Ailly tiraient les mêmes déductions de leurs études et de leurs observations.

Les récits les plus fantaisistes étaient venus se joindre à ces diverses assertions ; et depuis quelque temps surtout, les marins de la mer occidentale se plaisaient aux contes les plus étranges qui mettaient les imaginations en émoi. C'est ainsi que l'on parlait d'îles immobiles ou flottantes, se montrant par des temps sereins et disparaissant ou s'éloignant lorsque de téméraires pilotes cherchaient à s'en approcher ; de contrées florissantes où l'or, les perles et la myrrhe se trouvaient en abondance ; les uns avaient vu flotter sur les vagues des branches d'arbres inconnus en Occident; les autres des morceaux de bois sculpté, mais qui n'avait pas été travaillé par des outils de fer ; ceux-ci des sapins énormes pouvant porter quatre-vingts rameurs ; ceux-là de gigantesques roseaux; d'autres enfin, des cadavres d'hommes blancs ou cuivrés, à large face, et ne ressemblant en rien à des chrétiens. A la suite de toutes ces légendes, les bruits les plus contradictoires s'étaient accrédités, une foule de doctrines et de systèmes s'étaient formés sans toutefois empêcher les esprits de s'unir, pour préconiser cette traversée de l'Atlantique que seul un génie persévérant pouvait concevoir ; que seule une audace surhumaine pouvait tenter ; mais que seul surtout un homme envoyé conduit et soutenu par une main divine, pouvait réaliser.

Christophe Colomb fut cet élu de la Providence pour la conquête universellement désirée du Nouveau Monde.

Profondément convaincu que le pays des Indes était beaucoup plus vaste qu'on ne l'avait cru; qu'il se trouvait au delà de la Mer Ténébreuse des terres habitables et habitées, il groupa tous les faits, toutes les preuves pouvant appuyer ses hypothèses; recueillit avec soin toutes les fables répandues pour se rattacher au fond de probabilité qui pouvait être en concordance avec ses propres idées, et se décida ensuite à consulter les savants les plus illustres de son temps, notamment un docteur florentin, Paul Toscanelli, qu'avaient rendu célèbre ses travaux d'astronome et d'historiographe. Ce fut ce dernier qui acheva de fournir au navigateur les raisons décisives servant de base à son projet, qui l'affermit dans son audacieuse résolution d'en préparer l'exécution ; mais ce fut lui surtout qui sut le mieux comprendre et encourager le véritable but que se proposait l'envoyé de Dieu dans cette sublime entreprise.

« Je considère comme très noble et comme très digne d'approbation, lui écrivait-il, le projet que tu as formé de naviguer du levant à l'occident, et je me réjouis non seulement de la possibilité de ce voyage, mais encore des avantages et de l'honneur qui doivent en revenir à tous les chrétiens. Je voudrais que tu pusses en prendre aussi nettement l'idée que moi, qui la dois aux entretiens que j'ai eus en Cour de Rome avec toutes sortes de savants et de voyageurs. J'ai la certitude que lorsque ce voyage aura été accompli, il en résultera pour nos contrées une grande abondance de richesses, notamment en épiceries et en métaux précieux. Et d'ailleurs, ce bénéfice reviendra aux rois, aux princes de ce pays qui désirent si vivement contracter alliance avec les chrétiens, afin de recevoir d'eux les enseignements de la religion et de la science.

» C'est pourquoi je ne m'étonne pas que toi, qui as le cœur fort et aventureux, tu songes à effectuer cette glorieuse expédition. »

En effet, loin de partager l'ardeur et l'ambition des peuples qui ne cherchaient dans ce fameux passage des Indes que la clé d'inépuisables trésors, Christophe, nous l'avons dit, ne se laissait guider que par la sainte perspective d'y propager l'Évangile, et d'en rapporter les richesses nécessaires au rachat du tombeau du Christ; mais il n'ignorait pas qu'il ne pouvait agir qu'avec le concours d'un État puissant qui mettrait à sa disposition son crédit et ses titres, et son patriotisme ne pouvait le faire hésiter sur le choix de cet auxiliaire.

Convaincu que le succès de ses tentatives assurerait à la nation qui lui prêterait son appui la gloire et la fortune, il considéra comme un devoir de s'adresser en premier lieu à sa patrie; et après avoir mûri son projet pendant deux longues années, il se rendit à Gênes en 1476, afin de soumettre au Sénat de cette ville, le plan hardi et en apparence téméraire, que son entreprenant génie avait conçu.

CHAPITRE V

Premières épreuves.

C'est ici que s'ouvre la voie des difficultés, des lenteurs, des injustices, des humiliations et des déboires à travers lesquels l'Ambassadeur de Dieu devait poursuivre son œuvre. Christophe ne rencontra pas chez ses compatriotes l'accueil encourageant qu'il était venu y chercher ; les uns regardèrent ce puissant génie comme un visionnaire dont la proposition ne valait pas la peine d'être examinée ; les autres le comprirent mieux, mais ils conçurent de ses projets une jalousie mêlée de mépris et d'ombrage, et s'unirent aux premiers pour repousser sa demande. Déçu de ce côté où il espérait trouver le plus d'appui, Colomb se rendit ensuite à Venise ; la république de Saint-Marc lui opposa le même refus, et il reprit tristement le chemin de Lisbonne, afin de soumettre son dessein à une Cour plus éclairée et peut-être plus bienveillante. Le roi de Portugal alors régnant,

Jean II, avait hérité de l'intérêt que son grand oncle, celui que l'histoire a surnommé le *Héros de la marine*, portait aux expéditions navales; joignant à un esprit élevé un goût très prononcé pour les sciences naturelles, il s'était épris lui-même de bonne heure de la passion des découvertes, et tout faisait prévoir qu'il se sentirait naturellement incliné à favoriser une aussi glorieuse entreprise.

L'audience que, grâce à ses relations de famille, le beau-fils de Pelestrello obtint du souverain, put lui faire croire pendant un instant à l'heureux succès de sa démarche. En effet, Jean II prêta à ses paroles une attention soutenue; les accents de cet inconnu dont l'éloquence naturelle égalait celle de ses convictions, le frappèrent assez, pour qu'il jugeât prudent de ne pas reléguer ses espérances au rang des chimères; mais il ne voulut prendre aucune initiative, et s'en remit à un conseil composé de son confesseur, de géographes, de savants et de politiques, du soin de la décision. Sous le fallacieux prétexte que le projet émis par le navigateur renversait toutes les idées alors admises par la science; s'appuyant même sur le prétendu témoignage des Saintes Écritures pour en contester la sagesse, la commission royale le déclara illusoire, contraire à toutes les lois de la physique et de la religion, et maintint cet avis au cours d'un second examen. Toutefois, après s'être apparemment rangé à cette opinion, après avoir fait reposer son hésitation personnelle sur les dépenses exorbitantes entraînées par l'exploration récente de la Guinée, le roi parut tout à coup revenir à de meilleurs sentiments, et désira connaître les prétentions de Christophe, en cas de réussite.

Comme la plupart des héros chrétiens qui veulent faire tourner à la gloire et aux intérêts de leur Mère, la Sainte Eglise, le bénéfice de leurs exploits, l'Envoyé de Dieu ne sut pas mettre de bornes à son ambition. Persuadé que la découverte du monde vers lequel il voulait s'avancer, assurerait aux explorateurs d'innombrables richesses, il réclama pour sa part la dîme de tous ces trésors, avec l'autorité lui garantissant la fidèle exécution de cette promesse. De telles exigences venant d'un pauvre cardeur de laines, qui ne possédait pour tout bien que son honneur, ses vertus et sa foi en sa mission, devaient inévitablement être considérées comme insensées, et les conseillers ne purent que les rejeter, comme étant inadmissibles. Christophe ne jugea pas opportun de dévoiler alors le motif sublime qui le faisait agir, et garda pour lui seul le secret de son plus beau rêve, c'est-à-dire celui de lever à ses frais une troupe nombreuse; de marcher avec elle à la conquête de la Palestine ; de fonder à nouveau le royaume latin de Judée, et de faire hommage au Pape de la cité de Jérusalem, se réservant la faveur de rester jusqu'à la fin de sa vie le factionnaire du Saint-Siège auprès des Lieux-Saints. Ce fut donc en vain, que se méprenant sur la nature de ses intentions, le roi essaya de réduire à des conditions plus acceptables un semblable traité; notre héros ne voulut rien y changer et déclina toutes les offres qui lui furent faites de dotations, de revenus et de privilèges ; ce qu'il demandait avant tout, c'était la fortune nécessaire pour la réalisation de ses vœux, et comme elle lui fut universellement refusée, il se retira dignement, sans avoir cédé.

Cependant le souverain que l'histoire devait appeler *le Parfait,* renonçait avec peine à un projet dont il avait étudié et reconnu les avantages incalculables ; aussi ne recula-t-il pas devant la proposition par laquelle de vils courtisans le mirent dans la possibilité de concilier ses légitimes désirs avec le maintien de ses droits. Sur les conseils d'un de ses favoris, le docteur Galzadiglia, qui exerçait sur son esprit une pernicieuse influence, il résolut de s'emparer des plans du navigateur ; de faire partir à son insu un navire chargé de réaliser son entreprise, et d'en faire ainsi revenir exclusivement l'honneur et le profit à la marine portugaise. Un messager royal fut député vers Colomb, et l'invita à faire connaître par écrit toutes les idées qu'il avait conçues, en y joignant les notes, les raisonnements, les mappemondes qui pouvaient servir à guider l'expédition. Incapable de soupçonner une telle fourberie surtout de la part d'un monarque, Christophe obéit avec un empressement égal à sa confiance. On prit aussitôt copie de ses précieux papiers, possession de ses cartes, et tandis qu'on le leurrait d'un faux espoir, une caravelle, secrètement armée, prenait la route de l'Asie sous la conduite d'un habile pilote auquel il était expressément recommandé de suivre à la lettre toutes les indications du Génois. Mais ceux qui la montaient n'avaient ni l'audace, ni l'expérience, ni la constance de l'Élu de Dieu, ni surtout les lumières et les secours que le Ciel réservait à son Envoyé ; et après avoir cinglé pendant quelques jours au delà des îles Açores, ils s'arrêtèrent épouvantés devant l'immensité de l'espace qui s'étendait à leurs yeux, en attendant qu'ils revinssent honteusement au port sous le prétexte qu'une telle tentative serait une folie.

Malgré cet insuccès, Jean II ne se déclara pas vaincu ; et désireux de renouer les négociations avec celui qu'il avait si odieusement trahi, il lui fit proposer l'acceptation entière de toutes ses conditions. Indigné du lâche procédé dont il avait été victime, Colomb dédaigna d'entrer en pourparlers avec le monarque déloyal dont il repoussa toutes les instances ; il en conçut même un tel mépris, une telle aversion pour le Portugal, qu'il résolut de quitter un pays où ne le rattachaient que de douloureux souvenirs. En effet, au milieu de toutes ses épreuves, Christophe avait perdu sa fidèle et pieuse compagne ; la gêne avait pris place à son foyer désert ; ses créanciers avides et sans pitié se disputaient le fruit de ses travaux et de ses veilles, tout en menaçant sa liberté ; et pendant une nuit du dernier mois de l'année 1484, le pauvre persécuté, pour échapper à une horrible misère, dut s'enfuir de Lisbonne, emmenant avec lui son jeune fils Diégo.

Ce fut ainsi qu'il reprit la route de Gênes, pour renouveler au Sénat ses propositions jadis si mal accueillies. Sa seconde tentative ne fut pas plus heureuse que la première : aveugle sur ses intérêts, sourde au patriotique

appel de ce génie, *la ville superbe* persista dans son
refus incrédule et méprisant, et une fois encore traita
de chimères les projets de navigation transocéanienne

Christophe Colomb rêvait de fonder à nouveau le royaume latin de Judée. (Page 34.)

qui lui était soumis. Dieu ménageait cependant à l'âme
affligée de son disciple la suprême consolation de recueillir
dans ce pénible voyage la dernière bénédiction de son

père, et seul il put connaître les ineffables émotions qui remplirent le cœur du vieillard parvenu au terme de ses épreuves. Cette bénédiction d'un père mourant, c'était la bénédiction de Dieu qui venait fortifier le cœur du fils dont la douloureuse carrière ne semblait que commencer. Désabusé sur le compte de sa patrie, Christophe crut devoir tourner ses regards du côté de l'Espagne vers laquelle il se sentait attiré, suivant son propre témoignage, *par un amour entraînant*; et sans appui, sans recommandation, sans argent, sans asile, à peine vêtu, tenant par la main, ou portant dans ses bras son petit Diégo, il parcourut en mendiant le pays qui devait lui être un jour redevable d'une partie de sa fortune et de sa gloire.

La nation catholique occupait alors le premier rang des royaumes chrétiens ; le mariage de Ferdinand d'Aragon avec Isabelle de Castille, l'avait élevée à un degré de puissance qu'elle n'avait jamais atteint ; de plus, la guerre soutenue par ses armées contre les Maures perpétuait parmi son peuple les nobles traditions de la Chevalerie, et ses victoires successives sur les sectateurs de Mahomet provoquaient chez elle une légitime fierté. Le roi et la reine avaient confondu leurs provinces séparées en une seule patrie, tout en conservant néanmoins une domination distincte et indépendante sur leur royaume héréditaire ; mais leurs différents conseils se réunissaient dans un seul gouvernement lorsqu'il s'agissait d'intérêts patriotiques communs aux deux États ; et l'on eût dit que ce règne à deux n'attendait pour s'immortaliser en

devenant un règne de prestige, de civilisation et de prospérité, que l'arrivée du héros qui devait mettre à sa portée
la glorieuse conquête du Nouveau Monde.

Ce fut donc à cette nation que caractérisaient le courage, la hardiesse et la générosité, qui possédait une
certaine science géographique, et dont l'accueil ne pouvait
faire défaut aux véritables amateurs de découvertes, que
résolut de s'adresser l'Ambassadeur de Dieu, pour la
réalisation du rêve dont il vivait depuis vingt ans. Toutefois, instruit par le passé de l'inconstance et de la perfidie
des hommes, il prévit le cas où les souverains catholiques
auxquels il allait exposer ses projets n'en favoriseraient
pas l'exécution, et il crut prudent d'en entretenir
d'autres princes. Son frère, Barthélemy, peu versé dans
les lettres mais possédant un jugement sûr et une grande
expérience maritime, fut chargé par lui de cette délicate
mission qui ne devait pas aboutir, car l'Angleterre vers
laquelle il fut envoyé n'était pas le royaume que le Seigneur avait prédestiné à l'entreprise. En effet, lorsque
Henri VII alors régnant se décida à appeler l'explorateur
pour une commune entente, celui-ci était déjà secondé
par la Castille. Cependant bien des retards, bien des
déceptions et bien des luttes avaient précédé ce succès ;
et il est bon, plutôt que de devancer les événements, de
suivre pas à pas notre héros dans les moindres incidents
de sa grande existence.

CHAPITRE VI

Ses épreuves.

Pour se rendre à Cordoue où se trouvait la Cour espagnole, Colomb avait dû traverser une partie de l'Andalousie, et déjà il approchait du port de Palos, lorsque s'étant égaré et mourant de faim, il se vit placé dans l'impossibilité de poursuivre sa route. Ce fut alors que par une permission vraiment divine, l'humble monastère de Sainte-Marie de la Rabida, occupé à cette époque par des Franciscains, se présenta à ses regards, et qu'il se décida à y frapper en mendiant. Le gardien du couvent, Juan Perez de Marchena, accorda sans hésitation la plus charitable hospitalité au pauvre voyageur qui ne devait pas uniquement trouver auprès de lui l'aumône d'un peu de pain et d'un peu d'eau, mais auquel la Providence ménageait encore un plus grand bienfait : celui de rencontrer une intelligence et une âme capables de le comprendre, de l'encourager et de le soutenir. Le P. Gar-

dien en effet, n'était pas seulement un fervent religieux ;
la droiture de ses vues, la sûreté de son jugement,
l'étendue de ses connaissances, le faisaient universellement considérer comme un esprit distingué ; et il n'eut
pas de peine à reconnaître dans l'infortuné qui était
venu implorer son assistance, un de ces mystérieux élus
de la Providence pour la réalisation d'une œuvre sublime, qui portent quelquefois dans des mains indigentes
d'invisibles trésors de révélations et de vérités. Une fois
encore, ce fut la religion qui comprit le génie ; le cloître
qui lui donna protection et asile ; la confiance des hommes
supérieurs qui lui fit oublier l'incrédulité injurieuse du
vulgaire, et la sainte amitié du moine qui lui adoucit
toutes les amertumes.

Comme il se sentait prédestiné à devenir l'introduc-
teur de Colomb dans la faveur d'Isabelle et l'apôtre de
son grand dessein dans le monde, le religieux retint
Christophe, afin d'étudier ses projets et de travailler avec
lui à leur réussite. Frappé de son savoir, de son courage, de sa persévérance et surtout de ses vertus, Juan
Perez partagea bientôt son enthousiasme ; et après l'avoir
engagé à lui confier son enfant, il le pressa de se rendre
auprès des souverains pour leur offrir les plans de sa
précieuse découverte. Muni par son généreux ami de
l'argent nécessaire, et d'une lettre de recommandation
destinée au confesseur de la reine, Don Fernando de
Talavera, Christophe laissa son cœur s'ouvrir de nouveau
aux plus saintes espérances, et s'achemina vers Cordoue
où l'attendaient, hélas ! des déceptions encore plus

cruelles que celles dont il avait déjà été accablé. La missive dont il était le porteur fut lue avec autant de prévention que de mépris par le supérieur du Prado qui prêtait plus d'attention aux avantages extérieurs de ceux auxquels il accordait audience qu'à leur véritable mérite, et qui ne vit dans le modeste protégé de son confrère qu'un solliciteur importun et un simple aventurier. Condamné une fois encore à une attente stérile et en même temps à une extrême misère, le chrétien éprouvé reprit en silence les laborieuses occupations qui l'avaient jadis sauvé de la pauvreté, et il se remit à confectionner des globes et des cartes, vendant péniblement les images du monde qu'il devait un jour conquérir. Mais la Providence voulut épargner à son élu les souffrances de l'isolement moral si redoutable aux cœurs affligés. Après la mort de Philippa de Pelestrello Dieu lui réserva de nouveau les fortifiantes affections du foyer.

Quoique Christophe eût déjà atteint sa quarante-neuvième année, malgré la charge d'un enfant à élever, une jeune fille d'une noble famille d'Espagne, Dona Béatrix Enveriquez de Arana, s'intéressa assez à ses malheurs pour chercher à les adoucir en unissant sa vie à la sienne. La fortune de cette dernière était moins élevée que sa naissance, mais suffisante cependant pour lui assurer une paisible indépendance; et personne ne pouvait se méprendre sur le sentiment généreux qui la portait à se faire la consolatrice et la compagne du héros méconnu. C'est à tort que certains historiens, dont la plume semble plus particulièrement s'acharner sur les œuvres de Dieu, n'ont vu dans cette union bénie du ciel qu'une liaison illicite, nullement consacrée par le mariage, et ont essayé de la faire passer pour le fait d'une indigne faiblesse suivie, selon eux, d'un lâche et coupable abandon. Depuis longtemps, cette honteuse calomnie, née du génie malfaisant d'un auteur contemporain de Christophe, Nicolao, et accréditée ensuite par le protestantisme, implacable ennemi de tout ce qui touche à notre foi, a été réfutée par de sincères et savants biographes ; mais nul ne l'a aussi complètement mise à néant que la plume exercée du comte de Lorgues. Les preuves les plus irréfutables de la légitimité du second mariage du navigateur, se multiplient en effet, dans sa vie de Christophe Colomb ; et nous ne pouvons nous empêcher de citer le curieux enchaînement qu'il nous donne de cette monstrueuse erreur.

« Le dernier écrivain qui a traité aussi légèrement ce sujet, dit-il, *Humbolot,* a tiré son opinion erronée de Washington ; Washington de Navarette ; Navarette de Spotorno ; Spotorno de Cancellière ; Cancellière de Napione ; Napione du procureur Freytas ; Freytas de Nicolao et Nicolao, de sa lourde cervelle. »

Mais le bonheur inattendu dont jouissait Christophe Colomb, ne détourna pas sa pensée du but qu'il s'était proposé d'atteindre. Son commerce scientifique l'avait mis en relation avec quelques personnages distingués qui recevaient de ses intéressants entretiens une impression d'étonnement profond et d'attraction invincible, et qui ne tardèrent pas à partager toutes les idées de son entreprise. Ce fut ainsi que Christophe fut présenté à un prélat de grand mérite, Mgr Antonio Giraldini, qui avait été nonce du Pape à la Cour d'Espagne et dont le père Alexandre était précepteur de la jeune famille royale. Tous deux disposèrent en sa faveur Gonzalès de Mendoza, archevêque de Tolède, dont le crédit était si puissant que toute la nation le désignait sous le nom *du troisième roi d'Espagne.* Le cardinal, d'abord surpris. d'entendre des théories aussi nouvelles sur la construction du globe et en apparence si peu en rapport avec les témoignages de la *Bible,* fut bientôt rassuré par la piété éclairée et le génie supérieur de celui qui venait solliciter son appui. Séduit plus encore par la grandeur de son caractère que par celle de ses conceptions, il comprit néanmoins de quelle importance serait pour le royaume la réussite de tels projets, et mit tout en œuvre pour ménager à Colomb la faveur d'une audience royale.

Ferdinand le catholique était un guerrier accompli et un politique consommé ; mais sa prudence poussée souvent à l'excès le rendait parfois soupçonneux et défiant, tandis que la froideur fermait son âme à tout enthousiasme et à toute magnanimité. La reine Isabelle, merveilleusement douée, suppléait avec un tact exquis à ces regrettables lacunes ; ferme sans dureté, indulgente sans faiblesse, pieuse sans superstition, l'esprit cultivé, l'intelligence ouverte aux grandes pensées et le cœur attiré vers les grands hommes et les grandes choses, elle savait imprimer au gouvernement de son mari qui se laissait guider par elle, le caractère de sagesse auquel les empires sont redevables de leur prospérité et de leur paix. Christophe se présenta devant leurs Majestés avec la modestie d'un simple étranger, mais avec la confiance d'un tributaire qui vient offrir à ses maîtres plus que ceux-ci ne peuvent lui donner; et nous trouvons dans un de ses récits, le religieux secret de sa noble et digne assurance.

« *En pensant à ce que j'étais,* avouait-il, *j'étais confondu d'humilité, mais en songeant à ce que j'apportais, je me sentais l'égal des couronnes; je n'étais plus moi; j'étais l'instrument de Dieu choisi et marqué pour accomplir un grand dessein.* »

Connaissant l'ardente piété de la reine, il fit surtout ressortir les avantages surnaturels qui résulteraient de la réalisation de ses espérances, et fit briller à ses yeux la glorieuse perspective d'étendre le règne du Christ, de propager son Évangile, et d'arriver à placer son tombeau sous la protection de l'Église. Fut-ce le doute ou l'admiration qui, selon son témoignage, *fit alors sourire les Souverains?* Christophe ne put le deviner ; mais il se trouva encore une fois trompé dans son attente, car après l'avoir écouté avec une glaciale attention, Ferdinand se refusa à prendre une décision et voulut s'en rapporter lui aussi aux appréciations d'une commission scientifique. Celle-ci ne fut composée que d'hommes peu versés dans les connaissances toutes nouvelles de la cosmographie, et la plupart se refusèrent à admettre une théorie en opposition avec leurs idées ou avec les principes de leur routine ; les autres moins opiniâtres, mais ennemis de toute démonstration mathématique, invoquèrent les citations des Pères de l'Église où la sphéricité de la terre se trouve contestée; et tous déclarèrent d'une voix unanime que l'entreprise rêvée par Christophe devait être considérée comme vaine et insensée, et qu'il ne saurait convenir à la dignité de hauts princes de se préoccuper davantage d'une proposition aussi futile. Quoique amené à une certaine réserve sur la clarté de ses plans par la trahison dont il avait été victime en Portugal, Christophe sut réfuter avec beaucoup de sagesse toutes les objections des prétendus savants de Salamanque ; mais plus il s'efforça de les convaincre, moins il parvint à s'en faire comprendre ; les éclairs de la vérité ne purent se faire jour dans les ténèbres volontaires de ces esprits obstinés ; et après cinq longues années perdues dans de stériles discussions, les souverains d'Espagne firent connaître au Génois leur refus de s'associer à son œuvre. Toutefois, ils couvrirent ce mauvais vouloir d'un semblant de déférence, en prétendant que la guerre de Grenade absorbait pour le moment tous leurs efforts et tous leurs soins, et en ajoutant qu'arriverait peut-être une heure plus opportune, où il leur serait agréable d'examiner à nouveau la proposition qui leur avait été faite.

Ajourné, attristé, méconnu, éconduit, Christophe ne perdit pas encore courage et puisa dans sa foi invincible la force de supporter patiemment les conséquences de l'orgueil de ses juges. Son âme vaillante demeura étrangère à tout sentiment de rancune, et ce fut en guerrier qu'il assista au siège et à la conquête de Grenade ; qu'il vit Boabdil remettre à Ferdinand les clefs de cette vieille citadelle des Espagnes ; et qu'il fit partie du cortège des souverains à leur entrée triomphale dans ce dernier asile de l'islamisme.

CHAPITRE VII

La reine Isabelle adopte ses plans.

Au milieu des péripéties de cette lutte prolongée, Colomb avait obtenu de la Cour fixée à Séville, une seconde réunion du conseil chargé une première fois de l'examen de ses plans; mais l'opinion des savants n'avait pas changé, et ses offres furent encore repoussées comme étant, sinon impies, du moins compromettantes pour la dignité du royaume. Christophe tenta un dernier effort auprès de deux grands seigneurs, le duc Medina Sidonia et le duc Medina Celi, pour qu'ils fissent à leurs frais les préparatifs de son entreprise; ceux-ci ne voulurent pas y consentir, et Christophe renonça définitivement à toute autre sollicitation auprès d'un pays où il n'avait rencontré que l'envie, la froideur, les vaines promesses, les éternels ajournements, et il résolut d'aller trouver le roi de France auquel il avait récemment écrit. Ne voulant point partir sans avoir confié son cher Diégo aux soins de Béatrix, sa seconde femme, il se rendit au monastère de la Rabida où, comme nous l'avons vu, il avait laissé l'enfant ; mais la Providence dont les secrets desseins ne peuvent être combattus, réservait à l'amitié le soin de faire revenir Christophe sur sa résolution. Le fidèle Juan Pérès ne put retenir ses larmes en retrouvant celui qu'il avait si charitablement accueilli, vaincu dans

MAHOMET

son bon vouloir et ses espérances ; son cœur s'émut d'une indicible pitié, devant le dénûment de sa personne, la tristesse de son visage, l'accablement de tout son être ; et son patriotisme fut plus douloureusement affecté encore, à l'idée que l'Espagne allait être privée de la gloire d'avoir

4

secondé son entreprise. Aussi insista-t-il auprès de lui
pour qu'il ne quittât point le royaume avant que lui-
même eût tenté une démarche auprès de la reine à
laquelle il avait jadis rendu des services importants.
Colomb y consentit; et un pilote consommé de Lépi,
Sébastien Rodriguez, fut envoyé vers Isabelle, porteur
d'un message où le P. Gardien cherchait à intéresser sa
conscience autant que son honneur, à un projet dont la
réalisation devait amener des nations entières à la connaissance de la vraie foi. Dieu permit que la lecture de
cette lettre touchât profondément le cœur de la souveraine qui ordonna une troisième délibération sur la possibilité de l'expédition et appela le modeste Génois au
camp de Santa-Fé.

« On voyait alors, écrivait un témoin oculaire, un
homme obscur et inconnu, suivre la Cour, confondu
parmi les conseillers des deux couronnes, grave, mélan-
colique et préoccupé au milieu de l'allégresse publique,
repaissant son imagination du pompeux projet de découvrir un monde, et à qui tout semblait petit en comparaison
de ses propres pensées. »

Cette fois, les obstacles vinrent de Colomb lui-même,
car ayant conscience de toute l'importance de son entreprise, il ne voulut stipuler que des conditions dignes de
son œuvre. Son histoire racontée par son fils, donne la
nomenclature de ses exigences qui faisaient dire au chef
du conseil Ferdinand de Talavera : *Un mendiant fait les
conditions d'un roi aux rois.* En effet, Christophe ne
demandait rien moins que d'être amiral des mers océanes

avec tous les droits, honneurs et privilèges dont jouis-
saient les amiraux de Castille et de Léon ; d'être vice-roi
et gouverneur de toutes les îles et terres fermes qu'il
pourrait découvrir, sur lesquelles il exercerait justice et
qui seraient administrées par des personnes à sa conve-
nance. Outre les revenus attachés à ces différents titres,
il réclamait le bénéfice d'un dixième sur tout ce qui
s'achèterait où se vendrait dans l'étendue de son ami-
ralat, déduction faite des frais d'acquisition, et la hui-
tième partie de tout ce que rapporteraient les vaisseaux
avec lesquels il partirait.

« *Singulières prétentions d'un aventurier*, s'écrièrent
les ministres, *qui lui assureraient préalablement le commandement d'une flotte et la possession d'une vice-royauté
sans limites en cas de succès, et qui ne l'engagent en rien
s'il ne réussit pas.* »

De telles exigences ne pouvaient manquer encore de paraître exagérées ; mais dix-huit années d'attente n'avaient
pas pu vaincre la fermeté de notre héros, qui ferma
l'oreille à des propositions moins onéreuses à la couronne et se retira.

Christophe aurait pu à cette époque se venger des
dédains dont il était l'objet. Le roi de Portugal, désireux de reprendre avec lui les négociations interrompues,
l'appelait à la Cour de Lisbonne ; l'assurait de toute
sa faveur ; s'engageait à accepter toutes ses propositions ;
et pour garantie de ses promesses, lui donnait publiquement le titre d'ami sur la suscription de ses missives ;
mais Colomb se refusa à associer son saint apostolat aux

duplicités de la politique humaine ; et plus tard il pouvait en toute sincérité adresser ces lignes aux rois catholiques :

« *Pour rester au service de vos Majestés, je n'ai voulu m'engager ni avec le Portugal, ni avec la France, ni avec l'Angleterre, dont les princes m'avaient adressé des lettres que vos Altesses pourront voir, si elles le désirent, aux mains du docteur Viglialano.* » Quelle preuve plus touchante l'Envoyé de Dieu pouvait-il donner de sa noblesse, de son désintéressement et de sa foi?

En apprenant le départ du navigateur, Isabelle eut comme le pressentiment des grandes choses qui s'éloignaient de ses États en même temps que cet homme prédestiné ; la perspective de plusieurs millions d'âmes laissées par sa faute dans les ténèbres de l'idolâtrie, l'effraya ; d'un autre côté, Louis de Saint-Ange, gentilhomme aragonais, qui jouissait auprès d'elle d'une certaine autorité, lui fit entrevoir les conséquences politiques du regrettable refus de la Cour, et la possibilité de l'éternel reproche que pourraient lui faire ses ennemis et ses successeurs de n'avoir pas su accueillir et seconder un projet qui devait tourner si avantageusement à la gloire de l'Église comme à celle du trône ; il lui démontra la facilité avec laquelle on pouvait répondre aux sollicitations de l'explorateur qui ne demandait que 2,500 écus pour l'armement de sa flotte ; enfin il lui proposa d'entrer personnellement pour une large part dans les frais de l'expédition. Vaincue par des offres aussi séduisantes et des raisonnements aussi sages, la reine chargea l'un de ses officiers de courir à la recherche de Christophe pour le prier de revenir à Santa-fé. L'envoyé le rencontra sur le port de Pinos, à quelques lieues de Grenade. Incapable d'éprouver le moindre ressentiment, Christophe revint sur ses pas, et l'accueil chaleureux qu'il reçut à la Cour effaça le souvenir de tous les chagrins qu'il avait jusque-là essuyés. Don Juan de Colonna, secrétaire d'État, reçut l'ordre de traiter avec lui et de lui expédier ensuite un brevet et des lettres patentes qui lui accordaient encore plus de faveurs qu'il n'en avait réclamées.

Cet acte après lequel Christophe soupirait depuis dix-huit ans, fut signé à Santa-fé, le 17 avril 1492 ; mais il est à remarquer que la couronne d'Aragon n'entra pour rien dans les frais de cette entreprise, et que ceux-ci furent tous supportés par le royaume de Castille. Ce fut donc à la reine Isabelle que revint l'honneur d'avoir servi la cause de notre héros, et cet appui qu'elle lui prêta fait d'autant plus sa gloire, qu'en agissant ainsi, elle ne chercha qu'à servir la cause de Dieu lui-même.

Le petit port de Palos fut désigné comme centre d'organisation de l'expédition et pour point de départ de l'escadre. La pensée conçue au monastère de la Rabida allait recevoir son exécution au lieu même où elle avait été conçue, et le Gardien de l'humble couvent allait avoir la consolation de pouvoir bénir la première voile se déployant vers le monde inconnu que de concert avec l'Ambassadeur de Dieu, il avait jadis embrassé du regard du génie, de l'espérance et de la foi.

CHAPITRE VIII

**Dernières difficultés de Christophe Colomb.
Son départ.**

Tout était donc conclu, et notre héros pouvait se croire arrivé au terme de ses épreuves, lorsque de nouveaux obstacles, aussi inattendus qu'apparemment insurmontables, vinrent encore une fois compromettre la réalisation de ses espérances. La guerre de l'Espagne contre les Maures avait épuisé les ressources royales ; les navires destinés aux expéditions étaient pour le moment éloignés des ports ; les marins refusaient toute espèce d'engagement pour une traversée aussi longue et aussi mystérieuse ; et Isabelle dut bientôt recourir à la contrainte pour ne pas être obligée de manquer à ses promesses.

La ville de Palos, jadis condamnée en punition d'une révolte, à fournir à l'État pendant trois mois de l'année deux caravelles appareillées, reçut alors de la Cour l'ordre formel de tenir à la disposition du Génois les bâtiments qu'elle avait préparés. Mais malgré les bienfaits dont la souveraine avait eu la prudence d'entourer l'expression de sa volonté ; malgré la considérable réduction de l'amende dont le pays était redevable à la couronne ; malgré les immenses avantages offerts aux matelots qui prendraient part à l'entreprise, les habitants ne purent se décider à obéir, et désarmèrent eux-mêmes les vaisseaux dont la perte leur paraissait certaine. Comme si une puissance infernale et secrète cherchait à séparer pour toujours les deux mondes que la pensée de l'Envoyé de Dieu voulait unir, l'avarice, l'incrédulité, l'indignation se joignirent à la terreur pour neutraliser tous les efforts tentés par la reine de Castille en faveur de Colomb ; l'esprit d'indépendance et de rebellion gagna peu à peu tout le littoral, et le mouillage de Paros ne tarda pas à devenir complètement désert. En vain, un garde du corps réputé d'une indomptable énergie, Juan de Pénasola, fut-il envoyé pour saisir de gré ou de force tout bâtiment et tout équipage qu'il rencontrerait sur les côtes de l'Andalousie ; les hommes se cachaient, les navires susceptibles d'être réquisitionnés avaient été mis prudemment à l'abri dans des rades étrangères, et toute tentative de départ serait devenue impossible, sans la nouvelle intervention du moine de la Rabida auprès duquel Christophe s'était rendu, en attendant l'heure bénie de mettre à la voile. Profitant de l'influence que ses vertus et surtout son inépuisable charité lui avaient assurée sur ces pauvres gens de la mer, Juan Pérez usa de tous les moyens pour calmer leurs inquiétudes et

ranimer leur courage, et il sut trouver dans l'ardeur de
ses propres convictions, les témoignages les plus capables
de leur démontrer la certitude du succès, le gain qui en
résulterait infailliblement, et avant tout, la nécessité de
placer dans le secours du ciel une confiance invincible.
Peu à peu, tous s'en rapportèrent à son expérience, à sa
foi, à ses prières, comme à la sagesse de ses conseils, et
envisagèrent la situation avec moins d'épouvante. Trois
frères d'une riche famille de Paros, les Pinzon, se sen-
tirent particulièrement pénétrés de la ferme espérance
qui inspirait les paroles éloquentes du P. Gardien ; ils
crurent entendre la voix même de Dieu, dans celle de
ce saint vieillard qui les conjurait de s'associer à l'entreprise, et n'hésitèrent plus à se rendre à son appel. Les
dépenses urgentes furent réglées par leur générosité ;
leurs instances triomphèrent de l'obstination des marins,
et en quelques jours, ils parvinrent à équiper trois
caravelles dont deux d'entre eux, Martin Alonso et
Vincent Yanès, prirent le commandement, afin de donner
à ceux qui devaient les suivre, l'exemple de l'intrépidité
et de la bravoure.

De l'humble monastère où il s'était retiré, Christophe
surveillait tous ces préparatifs, tout en se disposant par
le recueillement, la pénitence et la retraite, à la grande
mission dont il se sentait chargé. Lorsqu'il eut constaté
que l'armement de sa flottille touchait à sa fin, il se rendit
auprès de ses futurs compagnons, leur expliqua l'honneur
auquel il les conviait, les engagea à s'abandonner pleinement entre les mains de la Providence, et à se mettre

en état de grâce, afin de s'assurer la fidèle protection de
la toute puissance divine ; puis, après avoir obtenu leur
pieux assentiment et avoir communié au milieu d'eux,
il les consigna tous à bord, et revint prendre sa place
parmi les franciscains, en attendant un vent favorable.
Celui-ci se leva dans la nuit du vendredi, 3 août 1492.
La cloche du réveil n'avait pas encore sonné dans le
couvent silencieux, que les saints mystères étaient célébrés dans la modeste chapelle des fils de saint François,
par le P. Gardien du cloître, dont l'âme douloureusement émue priait avec ferveur pour l'ami dont il allait
à jamais se séparer. A genoux derrière lui, perdu dans
une méditation profonde, se tenait Colomb dont les
yeux d'un bleu clair et limpide, lisons-nous dans un
savant auteur de nos jours (1), s'illuminaient sous le
reflet d'une pensée sublime, ou erraient dans le vague
d'un rêve non encore réalisé. Ses cheveux étaient blancs ;
sa haute taille, légèrement voûtée ; l'expression mélan-
colique de sa physionomie disait qu'il avait souffert,
mais comme ceux qui savent chercher au-dessus de toutes
les réalités de ce monde, la consolation et l'espoir. Au
moment de recevoir le pain qui fait les forts, il s'approcha
de l'autel, et après une action de grâces prolongée où il
dut laisser échapper toutes les supplications de son
cœur, il descendit, accompagné de celui qui l'avait soutenu dans toutes ses luttes, les pentes escarpées qui
conduisaient au port. Le soleil levant éclairait alors de
ses premiers rayons la petite flotte dont la vue fit tres-

(1) M. T. Joséfa.

saillir d'une joie inexprimable l'âme de l'explorateur.
Bien que s'accordant sur la forme de ces caravelles qui
furent du reste dans la suite dessinées par lui, les historiens diffèrent complètement d'opinion sur leur importance. Les uns les classent parmi les bâtiments de haut
bord, munis de six ancres et de quatre mâts, qui
servaient au commencement du XVe siècle à combattre
dans la haute mer, et à transporter par conséquent des
troupes, des vivres, voire même de l'artillerie; et dont
la vitesse, à moins de vents défavorables, pouvait fournir
une marche de deux lieues et demie à l'heure. D'autres,
au contraire, et c'est le plus grand nombre, les comparent
à de simples barques qu'une lame aurait facilement
englouties, si la poupe et la proue, très élevées au-dessus
des vagues, comme les galères antiques, n'avaient été
munies d'un demi-pont sous lequel les matelots cherchaient asile en cas de tempête, et qui empêchait le
poids de l'eau submergeant le brick de le faire sombrer.
Le mât de l'avant portait une voile carrée; celui de
derrière, une voile latine; tandis que de longues rames,
rarement et péniblement employées, s'adaptaient aux
bordages très bas de la caravelle et pouvaient au besoin
lui imprimer une lente impulsion. Quoi qu'il en fût, notre
héros les contempla avec un visage serein et un regard
assuré; animées par la foi, les espérances qu'il avait
conçues et nourries depuis dix-huit mois, s'étaient
changées en certitudes, et un sourire plein de confiance
illumina ses traits, lorsqu'il vit les bâtiments venir à sa
rencontre et aborder la rive. En un instant, il répartit

sur chacun d'eux les quatre-vingt-douze hommes qui
devaient composer son équipage ; et laissant aux deux
Pinzon la direction des deux caravelles, *la Peinte et la
Nina,* qui signifiait *la petite ou la mignonne,* il monta
sur la troisième, baptisée par sa dévotion envers la Mère
de Dieu du nom béni de *Santa-Maria,* et y arbora, avec
son pavillon d'amiral d'un océan ignoré et de vice-roi
des terres inconnues, l'étendard royal de l'expédition au
milieu duquel il avait fait peindre l'image de Notre-
Seigneur cloué sur la croix. Juan Pérez bénit alors la mer
et les voiles ; fit embrasser une dernière fois à son ami
le petit Diégo ; puis Christophe prit place sur la dunette,
envoya de la main un adieu suprême à son enfant et au
moine qui devait lui garder ce trésor de ses affections,
salua la foule qui le regardait partir et s'écria d'une voix
vibrante : *Au nom de Notre Seigneur Jésus-Christ, toutes
voiles dehors !*

Les navires s'ébranlèrent... Toutefois, aux cris joyeux
des marins en partance, la population restée sur le rivage,
ne répondit que par un long sanglot. L'aspect de cette
flottille à peine comparable à celles qui servaient pour la
pêche ou le trafic, contrastait singulièrement, en effet,
avec la grandeur de l'expédition qu'elle allait en apparence si témérairement tenter ; aussi lisait-on sur les
visages, plus de tristesse que d'espérance, et voyait-on
plus de larmes, qu'on n'entendait d'acclamations. Tous
donnaient maintenant un libre cours à leurs regrets ; les
mères, les femmes, les sœurs des matelots se désolaient
à l'envi, et maudissaient tout bas l'audacieux étranger

qui avait séduit la reine par ses promesses, et qui n'avait pas craint de prendre tant de vies si précieuses sous la responsabilité de l'un de ses rêves. Colomb entrait donc dans l'inconnu, poursuivi par le ressentiment et les murmures ; mais à ses yeux, toute sa vie était en avant, et il se préoccupait peu des sentiments hostiles qu'il pouvait laisser derrière lui. A peine en mer, il fit à ses hommes le récit de toutes les phases que son existence avait parcourues avant de parvenir à exécuter son gigantesque dessein ; invoqua le Christ en témoignage de la protection qu'il s'engageait à leur accorder et de la constance dont il saurait leur donner l'exemple ; et descendit ensuite dans sa cabine, pour y commencer le journal sur lequel il se proposait de relater les moindres incidents du voyage. Non content d'avoir placé sa caravelle sous la maternelle égide de la Vierge Marie ; d'avoir regardé le vendredi comme un jour prédestiné, pour se mettre en route ; il voulut encore dédier au Verbe divin le recueil de toutes ses notes ; et la première feuille de ce cahier si important, porta ces mots tracés en gros caractères : *Au nom de Notre Seigneur Jésus-Christ.*

L'heure marquée par la Providence pour la conquête du Nouveau Monde venait de sonner : il ne restait plus au héros chrétien qu'à se dévouer pour accomplir son œuvre.

CHAPITRE IX

La traversée.

L'accomplissement de cette œuvre devait être aussi fécond en épreuves, que l'avait été l'espèce de noviciat qui l'avait préparée.

L'Ambassadeur de Dieu n'ignorait pas que dans les grandes et périlleuses entreprises, il ne faut donner aux hommes qui consentent à les tenter, ni le temps, ni l'occasion de revenir sur leur décision, et il s'éloigna au plus vite des côtes espagnoles, en cinglant droit au sud. Mais dès le lendemain il se trouva arrêté par un premier incident que les marins ne manquèrent pas de regarder comme un présage funeste de l'issue de leur voyage : le gouvernail de la *Peinte* s'était brusquement brisé, et Colomb dut se rendre à bord en toute hâte, moins toutefois pour secourir le navire en détresse, que pour chercher à découvrir la cause d'un aussi étrange contre-temps. Celle-ci ne pouvait échapper à sa clairvoyance, et bientôt il put acquérir la certitude que la malignité des pilotes Gomez, Bascon et Christobal Quintero n'y était pas étrangère. En effet, à peine ces derniers s'étaient-ils engagés pour la traversée, qu'ils avaient manifesté le désir de l'entendre déclarer irréalisable ; et pour arriver à ce but, ils n'avaient pas hésité à mettre eux-mêmes leur caravelle dans l'impossibilité de continuer sa route.

Le capitaine Martin Pinzon qui avait une pratique exercée de la mer fut chargé de réparer les avaries ; deux jours après, ce furent les cordages qui se rompirent, incident qui força Christophe à virer de bord pour atteindre les îles les plus voisines, c'est-à-dire les Canaries. Mais les vents n'étaient pas favorables, et l'on ne put prendre terre qu'à l'aube du onzième jour. Le premier soin de Christophe en débarquant, fut de dissiper les craintes superstitieuses de ses compagnons, et de leur démontrer ce qu'il y avait de peu fondé dans les sottes croyances qui leur faisaient tirer des moindres événements des pronostics de malheur ; puis il chercha le moyen de remplacer le bâtiment dépareillé par un autre plus solide et plus capable d'affronter les fureurs de l'Océan. Ses démarches restèrent infructueuses : l'île de Gomère, vers laquelle il s'était dirigé pour faire cette acquisition, ne put lui offrir aucun vaisseau disponible, et il n'eût bientôt plus d'autre ressource que de changer la voilure de la caravelle avariée, et de reprendre sa marche après s'être ravitaillé de viande, d'eau et de bois. A peine la petite flotte s'était-elle éloignée des Canaries pour prendre la direction de l'Occident, qu'une éruption du Ténériffe dont les flammes se reflétaient dans les flots, jeta la terreur dans l'âme des marins. Tous croyaient voir dans le feu du volcan, le glaive flamboyant de l'ange préposé jadis à la garde du paradis terrestre, leur interdire l'entrée des pays inconnus vers lesquels ils s'avançaient; et Colomb ne parvint à dissiper leur épouvante qu'en leur expliquant aussi simplement que possible les lois physiques de ce phénomène. La frayeur de l'équipage fit place à une non moins terrible anxiété, lorsqu'une caravelle dont on fit la rencontre prévint le commandant que le roi de Portugal, Jean II, averti de son départ, avait envoyé les trois meilleurs de ses voiliers pour lui barrer le passage, et empêcher ainsi la conquête du Nouveau Monde de tourner au profit de la Castille. Un vent tempétueux eût été nécessaire pour éviter sûrement ce danger, mais comme si le Ciel ne pouvait se lasser de mettre à l'épreuve la confiance de son Élu, un calme plat des plus regrettables ne permit point à ce dernier de prendre la moindre avance sur ceux que l'on disait être lancés à sa poursuite. Cependant l'âme pleine de foi de notre héros ne pouvait se laisser vaincre par les émotions du péril; sa prière n'en devint que plus fervente, et bientôt une forte brise du Nord se leva soudain, préservant les Espagnols des attaques de la haine ou de la perfidie d'une concurrence déloyale.

Le dimanche matin, 9 septembre, la flottille mouilla à neuf lieues de l'île de Fer dont bientôt les hautes cimes disparurent à l'horizon. Cette terre était pour les matelots la dernière borne, le dernier phare du vieil univers; en le perdant de vue, ils se crurent perdus eux-mêmes, et désespérèrent de revoir jamais cette patrie aimée dont aucune ligne ne leur rappelait plus le souvenir. L'explorateur ne put les tirer de leur prostration, qu'en leur dépeignant sous les couleurs les plus riantes, les résultats assurés de leur expédition. Avec l'éloquence de ses convictions, il leur décrivit comme s'il les tenait déjà en son pouvoir, les richesses des royaumes qu'ils allaient conquérir ; et seule, la perspective de la végétation, des mines d'or, des plages couvertes de perles, des montagnes de pierres précieuses qui les attendaient au delà de l'Océan ténébreux, put relever leur courage et calmer leur effroi. Du reste, pour éviter l'inquiétude que leur aurait certainement causée la connaissance de la route parcourue, Christophe avait eu la prudence de garder pour lui le compte exact de la distance franchie. Illusionnés par le souffle égal du vent et la paisible oscillation des lames, l'équipage se figurait flotter lentement dans les dernières mers de l'Europe, et ne se croyait qu'à 120 lieues de l'île, alors qu'il en était réellement à 250. A ce moment, la science de Christophe se trouva déconcertée par un incident qu'il n'avait pas prévu : la boussole qu'il regardait comme le guide infaillible de sa traversée, paraissait elle-même hésiter devant les limites d'un hémisphère nouveau. En effet, l'aiguille aimantée ne se dirigeait plus exactement comme elle le faisait d'ordinaire vers la Tramontane ou Étoile polaire, mais vers un autre point fixe qui demeurait invisible. Plus grande encore fut la surprise de Christophe, lorsque s'étant avancé d'une centaine de lieues vers l'Occident,

Christophe Colomb et le P. Gardien au couvent de la Rabida. (Page 57.)

il s'aperçut que l'aiguille, après avoir dévié le soir, reprenait le lendemain matin sa direction accoutumée. L'honneur d'avoir découvert la variation magnétique de l'aiguille aimantée revient donc à notre héros, puisque jusque-là ce phénomène n'avait jamais attiré l'attention d'aucun marin, et que nul savant ne l'avait observée. Avant lui, les navigateurs de la Méditerranée ne faisaient aucun usage de ces lois étranges de la nature, et les cartes de leur temps n'en portent aucune indication. Au contraire, les preuves historiques se multiplient, pour attester que Christophe reconnut le premier comment la déclinaison de la boussole peut être soumise en chaque lieu à des variations dont les unes sont périodiques et certaines, tandis que les autres ne sont dues qu'à des causes simplement fortuites. Bien plus, l'histoire atteste que Christophe a établi que cette déclinaison était nulle à l'ouest des Canaries, et qu'il détermina même l'un des points de la courbe où cette nullité se constate.

Mais ce fut en vain que Colomb, dans la crainte d'effrayer ses matelots, évita de leur laisser soupçonner ses singulières remarques; tous surveillaient de trop près l'habitacle dans lequel ils plaçaient toute leur confiance, pour ne pas s'apercevoir bientôt des oscillations de la boussole, et ils en conclurent que les éléments eux-mêmes se troublaient au bord de l'espace infini. Envahis dès lors par un découragement profond, ils renoncèrent à tout espoir de réussite, et abandonnèrent leurs navires aux hasards des flots et des vents, sur un océan sans bornes où, croyaient-ils, rien ne pouvait plus les guider. Le navigateur ne put que recourir à une explication fausse, quoique conforme aux principes astronomiques de cette époque, mais spécieuse pour des esprits aussi peu cultivés ; et il leur affirma que la boussole marquait toujours le nord, et que seule l'étoile polaire s'était déplacée, attribuant ainsi à des astres nouveaux qui circulaient autour du pôle, les variations alternatives de l'aiguille aimantée.

A partir de ce jour, Christophe passa sur le pont des caravelles la plus grande partie de son temps, plus occupé à soutenir le courage sans cesse défaillant de ses hommes, qu'à s'assurer quelques heures de sommeil et de repos. Aucun événement ne troublait sa sérénité ; aucun murmure n'était capable de fléchir son indomptable énergie ; aucune facilité de vivre plus commodément que ses compagnons ne pouvait changer sa résolution de partager toutes leurs fatigues ; et seules la grandeur de ses vues, la fermeté sublime de son attitude, l'assurance de sa foi, le distinguaient du reste de son équipage. Pendant les belles nuits de l'Atlantique, à la clarté des constellations australes, il étudiait les astres et surveillait la mer. Presque toujours solitaire, ne conversant qu'avec Dieu et ses propres pensées, on eut dit Moïse conduisant un peuple toujours craintif vers les rivages de la terre promise. « Chaque soir, dit M. Léon Bloy, il faisait chanter sur ses trois navires l'antienne sacrée du *Salve Regina*. La merveilleuse tendresse de sa dévotion envers la Très Sainte Vierge répandait sur

cette existence tourmentée la suave douceur d'une poésie
céleste. L'azur profond d'un firmament nouveau pouvait
paraître au contemplateur du Verbe comme le manteau
étoilé de la Reine des Cieux étendu au-dessus de sa tête
pour le protéger ; et dans toutes les angoisses de la
tribulation, c'est elle qu'il appelait à son secours pour
être soutenu, consolé et fortifié.

Le samedi, 15 septembre, l'équipage vit tomber du
ciel à quatre ou cinq lieues du navire, une énorme masse
de feu ; quelques jours auparavant, une hirondelle de
mer et un oiseau des tropiques étaient venus voltiger
autour des mâts de la flottille. D'un autre côté, la température égale et sereine de cette partie de la mer, la
limpidité du ciel, la transparence et le mouvement
régulier des lames, la tiédeur de l'air, les parfums
éloignés apportés par la brise tout semblait annoncer
aux marins les approches de la terre invisible, et
ramener leurs souvenirs vers les doux printemps de
l'Andalousie.

Il n'y manquait que le rossignol, écrivait Christophe. L'Océan lui-même paraissait rouler ses heureux
présages ; des plantes inconnues flottaient à la surface
de l'eau ; les unes, disent les historiens de cette première traversée, étaient des plantes marines qui ne
croissent que sur des bas-fonds voisins des rivages ; les
autres, des plantes saxillaires que les vagues n'enlèvent
qu'aux rochers ; d'autres encore, des plantes fluviales
dont quelques-unes récemment détachées de leurs
racines, avaient conservé toute leur fraicheur. Tout

concourait donc à placer sur toutes les lèvres le nom
béni de *Terre!* Mais Colomb, qui ne voulait pas détruire
ces espérances, savait cependant qu'elles n'étaient qu'il-
lusoires, et que les événements se chargeraient sous peu
de les changer en de nouvelles impatiences. Une circonstance inattendue réalisa bientôt cette crainte. Le
16 septembre, on rencontra quelques touffes de varech
bercées par les flots et auxquelles succédèrent d'énormes
masses d'herbes qui finirent par ralentir singulièrement
la marche des bâtiments. On était arrivé à ces prairies
océaniques dont l'étendue égale sept fois la superficie de
la France, et qui font ressembler cette partie de la mer
à de vastes champs tels qu'ils se présentent aux regards
avant la maturité des gerbes. Bientôt cette sorte de gazon
devint si touffue, que les matelots s'attendirent à y
embarrasser leur gouvernail et leur quille et à être retenus
captifs dans ces joncs de la mer Ténébreuse, comme les
navires de la mer du Nord le sont parfois dans les
glaces. Il ne fallait pas autre chose pour que la régularité
et la constance du vent d'est, qui les secondait sans qu'ils
eussent besoin d'orienter leurs voiles, leur devinssent
odieuses et n'augmentassent leur terreur. Ils s'imaginèrent dès lors que ce souffle bienfaisant si favorable à
l'aller, créerait au retour un insurmontable obstacle, et
se virent à l'avance perdus dans cette immensité,
louvoyant dans tous les espaces, s'épuisant en vain à
retrouver les côtes du vieux Monde, mourant de faim
et de soif dans ces parages sans limites ; et le murmure
menaçait de tourner à la sédition, lorsque le commandant

ne se voyant plus écouté, eut recours à l'intervention divine. Sa prière fut à l'instant exaucée : le vent si alarmant par sa fixité passa subitement au sud-ouest, et le lendemain, une foule de petits oiseaux vinrent faire entendre leur délicieux ramage autour des caravelles, ramenant l'espoir dans l'âme des compagnons de l'explorateur qui à cette date écrivait sur son journal :

« *J'espère que le Dieu tout-puissant entre les mains de qui sont les victoires, nous fera bientôt trouver une terre.* »

Mais cet apaisement des esprits fut encore de courte durée. Le 25 septembre, au moment du crépuscule, apparut une forme indécise qui avait l'aspect d'une île. « *Terre! Terre! seigneur, à moi l'heureuse chance de la découverte*, s'écria Martin Pinzon dont cette ombre avait frappé soudain les regards, et qui réclamait la récompense promise par l'Espagne à celui dont la vue découvrirait en premier le terme de l'expédition. A ce cri de salut et de triomphe, les trois équipages répondirent par l'hymne du *Gloria in excelsis :* puis oubliant toutes leurs appréhensions et toutes leurs alarmes, les hommes montèrent aux cordages, voulant prendre possession par leurs propres yeux de ces rivages tant désirés. Colomb seul gardait le silence et attendait que l'aurore dissipât cette nouvelle erreur que ses convictions l'empêchaient de partager. Avec la brume de la nuit, en effet, la vision imaginaire du capitaine de la *Nina* disparut ; la déception fut d'autant plus douloureuse que la joie avait été plus grande, et l'enthousiasme fit place à un véritable et

universel désespoir. La distance parcourue apparemment
en pure perte, effraya les officiers eux-mêmes ; la
navigation avait duré trois semaines, et aucun résultat
ne se faisait pressentir ; la terre ne s'annonçait jamais ;
chaque soir, le soleil descendait sur le même horizon et
se plongeait dans une interminable ligne d'eau, et tout
le monde se réunit pour se refuser à vivre plus longtemps
sur un abîme sans fond, qui ne devait avoir pour rives
que celles de l'infini. Sombres et irrités, les hommes se
groupaient au pied des mâts, se reprochaient à haute
voix leur crédulité aux fausses promesses d'un imposteur
et d'un aventurier, maudissaient la reine qui s'était
associée à ses téméraires et stupides projets. Ou bien,
lisons-nous dans les pages de Fernand Colomb, ils se
réunissaient à l'intérieur des navires, disant que Christophe poussé par la folle et fantaisiste ambition d'avoir
un titre élevé, s'était fait un jeu de les exposer aux plus
grands périls et de les conduire à une mort certaine ; que
d'ailleurs ils avaient largement satisfait aux engagements
contractés avec lui, et qu'il ne leur convenait pas de se
faire les propres artisans de leur perte, en suivant une
route qui n'avait point d'issue. Puis, ils ajoutaient que
les vivres allaient manquer ; que leurs navires déjà fort
avariés ne seraient plus longtemps en état de tenir la
mer, et que nul ne saurait les blâmer d'avoir songé au
retour, alors qu'ils avaient poussé si avant leur expédition.

Enfin, ils se rappelaient les uns aux autres que le
Génois n'était pour eux qu'un étranger, sans savoir

aucun, puisque tous les plus grands docteurs de leur pays s'étaient accordés à réprouver ses opinions comme à proclamer son ignorance ; et dans ces conditions il fut décidé qu'on sommerait le commandant de revenir sur ses pas, et qu'en cas de refus, on le jetterait tout simplement à la mer, quitte à dire plus tard qu'il y était tombé accidentellement un soir, pendant qu'il observait les étoiles.

Christophe n'avait pas besoin que les murmures devinssent des clameurs, pour comprendre la nature du danger qui le menaçait, mais il ne se laissa ni intimider, ni abattre. Intimement convaincu de l'infaillible succès de sa mission, il garda vis-à-vis des rebelles cette figure sereine sur laquelle se reflétait toute sa confiance, et cette gravité pensive et sévère qui lui assurait tous les respects. Seul contre tous, trahi par son propre équipage, par ses capitaines, et même par son neveu, Diégo de Arana, qu'il avait paternellement pris à son service, il s'adressa à Celui qui n'abandonne jamais ceux qui placent dans son divin secours toute leur espérance ; et le ciel récompensa de nouveau sa foi, en lui envoyant, durant la nuit du 9 octobre, une vision qui lui fit connaître le moment précis où la terre si longtemps et si péniblement cherchée, serait enfin découverte. Ne voulant pas révéler ce céleste secret, Christophe arrêta néanmoins la révolte par son attitude. Il invoqua contre les séditieux l'autorité toujours sacrée pour des sujets fidèles, dont il était investi par les souverains d'Espagne ; il leur montra le châtiment qui les attendait si par leur désobéissance ils empêchaient la réussite de l'entreprise ; plein de mépris pour leurs secrètes et odieuses menées, il offrit devant eux sa vie au Seigneur en gage de la vérité de ses promesses ; enfin, avec l'accent convaincu des prophètes, il leur demanda de retarder seulement de trois jours leur résolution de retourner en arrière, s'engageant par serment de céder à leurs désirs, si avant la fin de ce délai, la terre n'était pas visible à l'horizon.

Tout rentra dans l'ordre, et la traversée se poursuivit. A l'aurore de la deuxième journée, des joncs fraîchement déracinés flottèrent autour des vaisseaux, et la *Nina* hissa à son bord d'autres roseaux ainsi qu'une planchette et un petit bâton que l'on aurait dit avoir été taillé avec un instrument de fer. Le lendemain, ce fut une branche d'aubépine garnie de petits fruits rouges ; puis un nid d'oiseaux suspendu à une branche rompue par le vent. On ne pouvait donc plus mettre en doute la proximité de la côte. Les coupables de la veille reconnurent alors la grandeur de leur faute, et sollicitèrent humblement leur pardon du chef qui possédait de longue date la science divine de l'oubli des injures, et qui chassa bien vite de son esprit jusqu'au souvenir de leurs torts. Bientôt les plus beaux chants de l'Eglise saluèrent le monde nouveau ; l'hymne de l'action de grâces monta vers le ciel pour le remercier d'avoir préservé l'heureuse flotte de tous les périls, de lui avoir accordé un temps propice à sa longue traversée et d'avoir mis le comble à ses vœux, en lui permettant enfin d'entrevoir les rivages si ardemment désirés. Christophe recommanda ensuite de carguer toutes

les voiles ; de sonder continuellement devant les navires;
de naviguer avec lenteur, et excita chez chacun de ses
hommes le besoin de faire d'autant plus *bonne et attentive
garde,* qu'il ajoutait à la rente viagère de trente écus
promise par la Cour d'Espagne à celui qui apercevrait le
premier la terre, un pourpoint de velours.

Personne ne songea au repos pendant cette nuit
suprême ; une impatiente anxiété tenait en éveil tous les
esprits et tous les cœurs ; les matelots suspendus aux
mâts ne faisaient pas un mouvement. Mais la Providence
réservait le bonheur envié par tous à celui qui l'avait
acheté au prix de vingt ans d'épreuves et d'inébranlable
constance. Un peu avant minuit, seul sur la dunette de
son vaisseau, son regard perçant plongeant dans les
ténèbres, Christophe Colomb vit passer, s'éteindre et
repasser devant ses yeux au niveau des vagues, une
lumière lointaine. Toutefois, craignant d'être abusé par
un éblouissement ou par une phosphorescence de la mer,
il appela à voix basse le maître d'hôtel du roi, Pierre
Guttière, et le consulta sur la nature de cette lueur. Un
autre de ses confidents, Rodrigue Sanchez de Ségovie,
interrogé à son tour, se rangea à leur opinion, qu'ils se
trouvaient devant la flamme d'un foyer situé sur une
plage, ou devant le fanal flottant d'un canot de pêcheurs,
ou bien encore devant une lumière qui pouvait être
portée par des gens allant d'une maison à une autre ;
mais cette lumière disparaissait si rapidement, qu'on
pouvait encore émettre quelque doute sur l'existence
réelle d'une terre à l'endroit où elle brillait.

Il était deux heures du matin, et le cœur rempli d'espérance, Colomb debout attendait et priait, lorsqu'un coup de canon, retentissant sur la mer, à quelques centaines de brassées de sa caravelle, le fit tressaillir et tomber à genoux. Le cri de *Terre!*..... venait d'être jeté par la voix imposante du bronze, pour être ensuite répété avec allégresse par Rodrigue de Triana qui se trouvait à bord de *la Peinte* et par tous les marins accrochés aux cordages..... Suivant la gracieuse expression du poète, (1) *le mystère de l'Océan avait dit son premier mot au sein de la nuit ; le jour allait le révéler tout entier.* Et le monde ancien pouvait bénir la lumière terrestre qui, semblable à la lumière spirituelle que portait l'Ambassadeur de Dieu aux peuples idolâtres, venait de percer les ténèbres, pour annoncer la bonne nouvelle de l'existence d'un monde nouveau.

(1) Lamartine.

CHAPITRE X

Première découverte (San-Salvador).

Jamais nuit ne parut plus longue aux navigateurs dont les regards perçants essayaient de plonger dans l'ombre, pour découvrir ce qu'ils nommaient la seconde création de Dieu. Enfin, à travers les brumes mal dissipées de l'aube, apparut une île verdoyante qui paraissait sortie des flots, en même temps que se levait le soleil. La *Pinta*, dont la mission était de marcher toujours la première, s'arrêta aussitôt pour permettre aux deux autres caravelles de la rejoindre et de se réunir dans un même transport d'enthousiasme et de bonheur. Mais le sentiment qui dominait alors le cœur de ces hommes forcés de reconnaître la supériorité de leur chef, était celui d'un sincère repentir, car vaincus par la réalité des événements qu'avait prévus son intelligence, ils ne pouvaient se rappeler sans remords les outrages dont ils l'avaient abreuvé. Cet étranger, qu'ils avaient traité avec tant de mépris, était devenu subitement à leurs yeux le véritable ambassadeur du Ciel ; ils ne voyaient plus dans le modeste fils du cardeur Génois, qu'un génie sublime uni à une des plus grandes puissances de la Péninsule Ibérique, et tremblants, ils étaient tombés à ses pieds, baisant ses habits et ses mains, et le suppliant d'oublier les nombreux chagrins qu'ils lui avaient causés. Autant la fermeté de Christophe Colomb avait été admirable au moment du danger, autant fut grande la générosité dont il fit preuve envers ceux qui, après l'avoir si indignement persécuté, allaient profiter de ses victoires. Au lieu de leur faire entendre le moindre reproche ou d'exiger de leurs regrets la moindre réparation, il se borna à tourner vers la Mère de Dieu, qui les avait si visiblement protégés, les élans de leur tardive reconnaissance ; et tous, d'une voix unanime, entonnèrent le chant béni du *Salve Regina*.

On continua ensuite d'avancer vers la côte qui s'élevait en amphithéâtre jusqu'à des sommets de collines dont la sombre verdure offrait avec la limpidité du ciel bleu le plus poétique contraste ; des forêts d'arbres majestueux et innommés s'étendaient en gradins sur les étages successifs formés par les montagnes, tandis qu'un lac immense s'étendait au milieu de tous les cours d'eau des vallées. Dans le fond des clairières, se dessinaient des habitations disséminées, à la forme arrondie et au toit de feuillage ; d'épaisses fumées s'élevaient çà et là au-dessus des bois ; et des groupes de femmes, d'hommes et d'enfants, étonnés plutôt qu'effrayés, s'avançaient

timidement vers le rivage, témoignant par leurs gestes,
de la surprise et de l'espèce d'admiration que leur causait
l'aspect des caravelles. Toutefois, ces manifestations ras-
surantes n'empêchèrent pas Christophe de rester fidèle à
son système de prudence, en se mettant en mesure de
pouvoir se défendre contre les attaques imprévues ; il fit
préparer toutes les armes, attacher toutes les voiles
repliées le long des vergues ; et pour donner à cette prise
de possession d'un monde nouveau toute la solennité de
l'acte peut-être le plus glorieux qu'ait jamais accompli un
explorateur, il se revêtit de tous les insignes de sa
dignité future. Un long manteau de pourpre couvrit ses
robustes épaules ; sa main s'empara du drapeau brodé
d'une croix où les chiffres de Ferdinand et d'Isabelle,
entrelacés comme leurs royaumes, étaient surmontés
d'une couronne d'or, et après avoir commandé de mettre
à flot toutes les chaloupes armées, il descendit dans la
sienne, bannière déployée, suivi de son état-major, afin
de fouler le premier le sol du pays dont la découverte lui
avait coûté tant de travaux, de fatigues et de veilles. Ce
fut ainsi que le vendredi, 12 octobre 1492, deux mois
et sept jours après le départ du port de Palos, Christophe
Colomb arborait avec le signe de la croix et le drapeau
de l'Espagne, l'étendard de la conquête de Dieu et de
celle des souverains de Castille sur la terre jusque-là
inconnue du Nouveau-Monde.

Comme s'il eût voulu faire mieux éclater encore la
puissance et la grandeur divines dans cette terre idolâtre,
le héros l'avait à peine touchée, qu'il s'agenouilla pour

la baiser ; noble et saint exemple que d'un commun accord, suivirent ses compagnons. Ce fut alors que, sous l'inspiration de sa reconnaissance et de sa foi, il prononça hautement cette prière sublime qui nous a été conservée : *Seigneur, Dieu éternel et tout-puissant, qui par ta parole créatrice as enfanté le firmament, la mer et la terre, que ton saint nom soit béni et glorifié partout ! Que ta majesté et ta souveraineté universelles soient exaltées de siècle en siècle, ô toi qui a permis que, par le plus humble de tes serviteurs, ton nom soit connu dans cette partie du monde jusqu'ici cachée !...* Mais ses larmes l'interrompirent ; larmes d'autant plus douces, que celles qui avaient acheté ce pieux triomphe avaient été plus amères. Relevant ensuite de la poussière son front sur lequel semblait alors resplendir tout l'éclat de son génie, il tira son épée, déclara les rois catholiques maîtres et seigneurs de l'île, et pour y proclamer plus hautement le nom du verbe fait chair, il remplaça le nom de *Guanahani* que portait le pays conquis, par celui de *San-Salvador,* c'est-à-dire Saint-Sauveur.

Puis, voulant rappeler que le Christ avait droit aux prémices de sa découverte, il fit ériger sur le lieu même de son débarquement, une large croix de bois qu'il soutint de ses propres mains pendant que ses compagnons la dressaient. Enfin, après l'avoir bénite, laissant sa pensée se reporter vers le Saint Sépulcre qu'il espérait plus que jamais pouvoir délivrer, il unit sa voix à celle de tous les hommes de son équipage, pour faire monter vers le Ciel l'hymne du *Vexilla Regis,* à laquelle succéda le cantique

éternellement beau de saint Ambroise et de saint
Augustin : *Te Deum laudamus.* Grand
Dieu, nous te louons, etc...

Terre ! Terre ! (Page 71.)

Ce cérémonial, qui devait être mis en usage à chaque
découverte nouvelle, frappa les indigènes d'un étonne-

6

ment mêlé d'effroi. Voyant quelques instants plus tard, le messager royal écrire, la main appuyée sur son genou, le premier procès-verbal dressé par les Européens sur ces plages ignorées, ils s'imaginèrent que ces étrangers n'étaient pas de simples mortels, mais des êtres surnaturels, probablement descendus du soleil, leur divinité, pour jeter sur eux quelque maléfice ; et tous s'enfuirent épouvantés dans les bois. Cependant la curiosité ne tarda pas à les faire revenir en arrière, et s'étant peu à peu rapprochés des Espagnols, il se hasardèrent à toucher leurs vêtements et leur visage, tandis que pleins d'admiration pour ces hommes blancs si différents de leur race et qui portaient toute leur barbe, ils leur prodiguaient les témoignages du plus profond respect.

Lorsque Christophe retourna sur sa caravelle, quelques-uns suivirent son embarcation à la nage ; Colomb lui-même a laissé sur l'accueil et le caractère de ces insulaires une description qui mérite d'être citée. « Désirant leur inspirer de l'amitié pour nous, écrivait-il plus tard à la reine de Castille, et persuadé en les voyant, qu'ils se confieraient mieux à nous et qu'ils seraient mieux disposés à embrasser notre sainte foi si nous usions de douceur pour les persuader, plutôt que si nous avions recours à la force, je fis donner à plusieurs d'entre eux des bonnets de couleur et des perles de verre qu'ils mirent à leur cou. J'ajoutais différentes autres choses de peu de prix ; ils témoignèrent une véritable joie, et ils se montrèrent si reconnaissants, que nous en fûmes émerveillés. Ils nous offrirent des perroquets, des pelotes de fil, des zagaies

et beaucoup d'autres cadeaux de peu d'importance, rece-
vant en échange des perles, des grelots et de menus
objets. Ces insulaires sont bien faits ; beaux de corps et
agréables de figure ; leurs cheveux tombent sur le front
jusqu'aux sourcils et pendent par derrière en une longue
mèche qu'ils ne coupent jamais. La nature leur a attribué
la même couleur que celle des habitants de l'île Canarie ;
mais ils se peignent le corps ou seulement le visage, d'une
couleur noire, verte ou rouge, suivant en cela leur pure
fantaisie.

Ils n'ont pas d'armes comme les nôtres ; et lorsque je
leur montrais nos sabres, ils les prenaient par le tranchant et s'étonnaient de voir leur sang couler. Très gracieux dans tous leurs mouvements, ils ne se servent pour
combattre que de bâtons garnis d'une dent de poisson ou
de quelque autre corps dur. Plusieurs portaient de nombreuses cicatrices ; et comme je leur demandais par signes
d'où provenaient ces blessures, ils me répondirent de la
même manière, qu'on venait des îles voisines pour les
faire prisonniers ou esclaves, et qu'ils se défendaient. Ils
doivent être des serviteurs fidèles et d'une grande douceur, ajoutait Christophe ; ils ont une facilité surprenante
à répéter ce qu'ils entendent, et je suis persuadé qu'ils
se convertiront au christianisme sans aucune difficulté,
car je crois qu'ils n'appartiennent à aucune secte.

Le lendemain, 13 octobre, dès le point du jour,
presque tous les indigènes descendirent sur la plage, et
montés dans leurs embarcations, ils vinrent de nouveau
rejoindre les navires. Ces bâtiments, qu'ils avaient pris

de prime abord pour de gigantesques animaux, ne leur causaient pas le moindre sentiment de frayeur, et ils aimaient au contraire à les comparer à leurs pauvres petits canots taillés d'une seule pièce, faits d'un tronc d'arbre creusé néanmoins avec un certain art, et dont les plus grands pouvaient contenir quarante à cinquante personnes, tandis que les plus petits n'en pouvaient porter qu'une seule. Ils les mouvaient et les dirigeaient, lisons-nous dans Fernand Colomb, avec une sorte de pelle, analogue à celle des boulangers. Ces rames n'étaient pas attachées au bordage comme elles le sont ordinairement chez les peuples civilisés, mais ils les plongeaient simplement dans l'eau et faisaient force en arrière, comme des jardiniers appuyant sur leur bêche. Ces canots étaient construits si légèrement et de telle façon que s'ils venaient à chavirer, ceux qui les montaient pouvaient tout en nageant, les débarrasser de l'eau qu'ils contenaient. Ils imitaient alors le mouvement du tisserand qui pousse sa navette d'un côté et de l'autre ; et lorsqu'ils les avaient à peu près vidés, ils achevaient l'opération au moyen de calebasses sèches coupées en deux, qu'ils avaient toujours soin d'emporter avec eux.

Bientôt les Indiens se familiarisèrent avec les Espagnols, ils leur apportèrent en tribut leurs fruits nourriciers avec leur pain de cassave, et leur montrèrent leurs sources, leurs champs, leurs habitations et leurs villages. Christophe et ses compagnons purent alors visiter à loisir cette île dont ils ne pouvaient se lasser d'admirer l'heureuse situation, les magnifiques ombrages, les eaux courantes et les fertiles prairies. L'ensemble des animaux y était peu varié ; les perroquets au châtoyant plumage, représentaient seuls l'ordre des oiseaux, mais San-Salvador devait renfermer de grandes richesses minérales, puisque ses habitants portaient des ornements et de petits morceaux d'or attachés à leurs narines. L'explorateur interrogea à ce sujet un des indigènes qui lui fit comprendre qu'en tournant l'île et en avançant vers le sud, il découvrirait une contrée dont le roi possédait de riches trésors qu'il devait tirer des entrailles de la terre. « Je tâchais, écrivait alors Colomb sur son journal, de les décider à me conduire dans ce pays, mais ils s'y refusèrent. Je résolus donc d'attendre au surlendemain et de partir à une heure avancée, pour lancer mes caravelles dans la direction où, suivant les indications qui m'avaient été fournies, je devais rencontrer une île où se trouvaient les métaux les plus précieux. » En effet, le 15 octobre, Christophe fit rembarquer tous ses gens, et, après s'être approvisionnées d'eau fraîche, de racines et de fruits, les trois caravelles reprirent leur route vers le sud-ouest.

CHAPITRE XI

Suites de la première découverte.

L'impatience qu'éprouvaient les compagnons de Christophe concernant la conquête des régions aurifères, lui avait assuré leur complète docilité ; l'esprit tendu vers cette seule pensée, ils étaient joyeusement remontés sur leurs vaisseaux, et aspiraient après le moment où ils entreraient en possession de ces riches pays auxquels ils devaient apporter avec leur orgueil et leur science, toutes les calamités engendrées par leur insatiable avidité. L'équipage, en effet, était loin de partager les vues si nobles et si désintéressées de son chef ; et arrivé à cette page de l'histoire de notre héros, nous croyons devoir dégager à l'avance sa responsabilité des faits regrettables dont ses marins ne devaient pas tarder à se rendre coupables. Tandis que l'Ambassadeur de Dieu ne recherchait la fortune que pour assurer le succès de la sainte croisade rêvée par son âme d'apôtre ; qu'afin d'être mis à même de pouvoir réaliser ses promesses aux souverains de Castille, et d'entraîner facilement l'Espagne à de nouvelles expéditions, en lui donnant une preuve matérielle et palpable de ses premières découvertes, la cupide ambition des Espagnols n'avait pour objet que les jouissances matérielles procurées par la richesse, et l'on ne peut rejeter sur le navigateur génois, les déplorables excès auxquels ils se livrèrent pour atteindre ce but méprisable.

En tournant l'île de San-Salvador, la flotte se trouva comme égarée au milieu d'un labyrinthe d'îlots inconnus, d'inégale grandeur, mais rivalisant de luxuriante verdure et de féconde végétation. Semblables à ces rafraîchissantes oasis qui attirent dans le désert les pas fatigués du voyageur, ces sortes de corbeilles fleuries, surgissant du sein des eaux, ne pouvaient que décider les marins à venir s'y reposer. Leurs relâches au milieu de cet immense archipel ne furent que la répétition de leur atterrage à Saint-Sauveur : la même curiosité inoffensive les accueillit partout ; partout les habitants s'engagèrent mutuellement à s'approcher de ces hommes qu'ils croyaient être descendus du ciel, se pressèrent sur la plage, leur offrirent des aliments et ne surent comment leur témoigner le bonheur que leur causait leur venue. Mais Christophe ne pouvait s'attarder bien longtemps sur ces sortes d'avant-postes du Nouveau Continent, et le 15 octobre, au coucher du soleil, il faisait jeter l'ancre près de la pointe ouest d'une île plus importante, que sa dévotion envers la Mère de Dieu lui fit baptiser du nom

de *Sainte Marie de la Conception*. Le lendemain, les
matelots abordaient ces rivages avec des embarcations
armées et préparées à toutes les surprises, précaution
rendue bientôt inutile par la paisible attitude des naturels qui virent avec une joie inexprimable Colomb descendre à terre pour y planter la Croix du Rédempteur.

Un vent favorable permit ensuite aux caravelles de
s'avancer encore de neuf lieues à l'Occident, et une
troisième île fut aperçue à l'horizon. Christophe, qui avait
payé son tribut de reconnaissance et d'amour au Dieu
puissant dont il était le messager, et à la céleste Reine
qui l'avait couvert de sa protection, crut de son devoir
de respecter les susceptibilités et la fierté de l'Espagne,
et imposa le nom de *Fernandine,* à cette nouvelle conquête, comme il allait imposer celui d'*Isabelle,* à celle
qui devait lui succéder. A peine les Indiens eurent-ils
aperçu les bâtiments étrangers, qu'ils vinrent en grand
nombre à leur rencontre et qu'ils acceptèrent sans hésitation la proposition d'échanger leurs produits contre les
modestes dons des Espagnols. Toutefois, la ruse qui les
caractérisait, rendit cette espèce de commerce assez diffi-
cile, car ils débattaient le prix des marchandises achetées
ou vendues avec bien plus d'opiniâtreté que les habitants
des îles voisines, et ne se rendaient pas aussi promptement aux offres qui leur étaient faites. Leur accueil ne
se ressentit cependant en rien de la civilisation plus
avancée dont ils faisaient preuve ; et lorsque les chaloupes
se rendirent à terre pour y renouveler la provision d'eau,
non seulement ils s'empressèrent d'indiquer leurs meil-

leures sources, mais encore ils voulurent remplir eux-
mêmes les tonneaux et les porter à bord. Cette ile aux
magnifiques rivages, s'étendait sur une surface plane de
vingt-huit lieues ; on y remarquait surtout de nombreux
arbres dont les branches quoique partant du même tronc,
et les feuilles quoique étant sur les mêmes rameaux,
affectaient cinq ou six formes complètement différentes
les unes des autres; des poissons aux écailles nuancées
des plus brillantes couleurs, d'énormes lézards, quelques
perroquets et des chiens muets, étaient les seuls animaux
que l'on rencontrât dans ces parages. Au nord-ouest, se
trouvait un port splendide, mais où l'on n'aurait pu
pénétrer faute d'un fond d'eau suffisant; un peu plus
loin, s'élevait une véritable bourgade composée de douze
à quinze cabanes construites en forme de tentes, et qui
ne renfermaient guère que des lits faits en filets suspendus à des piliers, rappelant les hamacs que l'on voit
aujourd'hui.

Le vendredi, 26 octobre, la flottille faisait voile vers
l'ile *Saometto* qui ne devait plus être désignée que sous
le nom glorieux de la reine de Castille. De toutes les
plages jusque-là découvertes, *Isabelle* était incontesta-
blement la plus remarquable, autant par son étendue
que par la richesse de sa végétation. D'abondants cours
d'eau arrosaient de grandes et fraîches prairies couvertes
d'arbres et de plantes variées parmi lesquelles se rencon-
trait surtout l'aloès; les coteaux, les vallons et les
plaines variaient partout l'aspect du sol; Christophe
émerveillé, assurait qu'il aurait pu se croire transporté

au milieu de l'un de ces sites riants que présente l'Espagne vers la fin d'avril :

— *Mes yeux*, lisons-nous dans son journal, *ne pouvaient se lasser d'admirer cette resplendissante verdure; les fleurs du rivage nous envoyaient des parfums si embaumés, que c'était pour l'odorat la chose la plus agréable du monde; les rossignols et maint autre oiseau chanteur y faisaient entendre les plus doux concerts; non seulement ils peuplaient les futaies, mais ils passaient dans les airs en si grand nombre, que la clarté du soleil, à certains moments, en était comme obscurcie.*

Mais à l'approche des vaisseaux étrangers, les habitants s'étaient enfuis dans les montagnes, emportant avec eux tout ce qu'ils avaient pu réunir de ce qu'ils possédaient; Christophe défendit expressément à ses hommes de toucher à ce que ces pauvres gens épouvantés avaient laissé derrière eux; mesure d'autant plus sage, qu'une fois leurs premières terreurs dissipées, ceux-ci revinrent sur leurs pas et se montrèrent des plus hospitaliers. Christophe Colomb ne voulut pas prolonger davantage ses explorations dans toutes ces îles qui s'annonçaient assez semblables les unes aux autres, et préféra se diriger sans retard, vers la grande terre de *Cuba*, dont les Indiens ne lui avaient parlé qu'avec enthousiasme et admiration.

CHAPITRE XII

Deuxième découverte.

Cuba est située entre le 20e et le 23e degré de latitude septentrionale. Colomb y aborda le dimanche, 29 octobre, après deux jours d'une paisible navigation au cours de laquelle il n'eut garde de perdre de vue les charmantes îles *do Bahama* qui jalonnaient sa route. La *Reine des Antilles* lui apparut alors avec ses côtes étagées et sans limites ; avec ses havres, ses embouchures de fleuves, ses golfes, ses rades, ses forêts, ses villages, et lui rappela les imposants rivages de l'antique Sicile. Ordre fut donné de jeter l'ancre dans le lit ombragé d'une vaste rivière dont les bords étaient couverts d'arbres touffus et élevés, chargés de fleurs et de fruits, et sur les branches desquels une multitude de petits oiseaux au plumage des plus variés, réjouissaient les airs de leur délicieux ramage. La nature semblait avoir pris soin de prodiguer d'elle-même aux heureuses peuplades de ces régions inconnues, les éléments de la vie et de la félicité. Tout y rappelait l'*Eden* de nos Saintes Écritures ; et Christophe pouvait écrire sur ses notes, sans exagération aucune : *C'est la plus belle île que jamais l'œil de l'homme ait contemplée ; aussi voudrait-on y vivre toujours. On n'y conçoit ni la douleur, ni la mort.* Mais son âme fervente ajoutait *que l'entreprise ayant eu pour but la gloire de Jésus-Christ, les rois de Castille ne devraient permettre à aucun hérétique d'aborder ce séjour fortuné, et ne devraient autoriser à y résider que les Espagnols, sincèrement catholiques.*

Le Génois ne parvint qu'avec peine à contenir l'impatience de ses compagnons, désireux de visiter au plus vite le séduisant pays qui s'offrait à leurs regards et d'en connaître les habitants. Mais ceux-ci, à l'aspect des vaisseaux européens, avaient tous quitté précipitamment leur demeure, et Christophe craignait avec raison d'augmenter leur épouvante en s'avançant vers eux avec beaucoup de monde. Il crut donc beaucoup plus prudent d'envoyer pour les rassurer sur ses intentions, deux de ces matelots dont l'un parlait l'hébreu et l'autre l'arabe, ainsi que deux indigènes qui avaient déjà consenti à le suivre. Le 5 novembre, les quatre émissaires étaient de retour, et firent de leur mission un récit assez curieux que nous a transmis Fernand Colomb : s'étant avancés de douze lieues dans les terres, dirent-ils, ils avaient trouvé un village d'une cinquantaine de cases fort spacieuses, faites de bois, couvertes de roseaux et en manière de tentes, comme celles des autres îles. Là, demeuraient un millier de personnes, car chacune de ces cabanes

servait d'abri à tous les membres d'une même famille.
Les principaux du pays étaient venus au-devant des
étrangers, les avaient très cordialement accueillis, et les
ayant conduits dans leur ville, ils leur avaient offert pour
logement une de ces grandes chaumières où se trouvaient
des sièges formés d'un même bloc et taillés en figure
d'animal étrange, avec des pieds et des bras très courts,
la queue relevée pour servir d'appui, avec une tête
énorme dont les oreilles et les yeux étaient incrustés
d'or. Les Espagnols ayant été invités à se placer sur ces
sièges singuliers, les Indiens s'étaient aussitôt assis tout
autour d'eux, et l'un après l'autre, étaient venus leur
baiser les pieds et les mains, témoignant ainsi qu'ils les
croyaient des êtres célestes. Ils les avaient ensuite priés
de vouloir bien rester au milieu d'eux, tout au moins
pendant cinq ou six jours, parce que les insulaires qui
leur avaient servi de guides, avaient dit grand bien des
chrétiens. Les hommes s'étant retirés, il était venu beaucoup de femmes qui à leur tour les avaient entourés de
toutes les marques d'une profonde vénération et les
avaient comblés de présents. Tous filaient avec beaucoup
d'adresse le coton qu'ils possédaient en telle abondance,
que dans une seule case, les Espagnols en virent au
moins douze mille livres. Aussi les indigènes en don-
naient-ils des corbeilles pleines pour le moindre objet ;
ils ne s'en servaient, du reste, que pour tresser leurs
lits et les tabliers qui leur servaient de vêtements.

L'heure étant arrivée de retourner aux vaisseaux, les
Indiens voulurent accompagner les messagers de Colomb ;

mais ceux-ci demandèrent que le roi du pays, l'un de ses fils et quelques-uns de leurs serviteurs, fussent les seuls qui les suivissent. Christophe reçut avec respect et honneur ces augustes hôtes, près desquels il s'informa de la direction qu'il devait prendre pour rencontrer le pays de l'or. Le Cacique lui indiqua l'Est, sans toutefois s'expliquer le vif désir que paraissaient manifester les blancs de découvrir les mines de ce métal qui à ses yeux n'avait aucune valeur ; et le 13 novembre, les Espagnols faisaient voile vers la riche contrée, objet de tous leurs rêves. Colomb avait engagé douze insulaires à les accompagner, non seulement pour qu'ils pussent plus tard témoigner eux-mêmes de ce qui concernait leur pays, mais surtout pour qu'ils lui servissent d'interprètes dans les terres voisines qu'il désirait convertir à la vraie foi, espérant offrir un jour à la reine Isabelle ces âmes en quelque sorte sauvées par sa généreuse entreprise.

Arrêtée par un vent contraire, la petite flotte ne put continuer sa route en droite ligne vers l'Occident ; et après avoir reconnu les deux montagnes *du Cristal* et *du Moa*, elle dut louvoyer et chercher un refuge dans le port de *Puerto del Principe* (*Port-au-Prince*) dont les eaux furent surnommées par la piété du navigateur, du nom gracieux de *Mer de Notre-Dame*. Suivant son habitude, l'Ambassadeur de Dieu planta la croix au lieu le plus apparent du rivage, non point dans un but politique, mais uniquement, comme lui-même l'écrivait, *en l'honneur du Verbe divin et de toute la Chrétienté*. Tous les canaux formés entre les îles par cette partie de l'océan étaient profonds, et leurs rives étaient couvertes d'une verdure charmante qui offrait un magnifique spectacle aux Castillans. On y voyait de toutes parts des feux de pêcheurs ; les matelots des caravelles entrèrent avec leurs barques dans les ilots, et leur étonnement fut extrême, en y voyant les Indiens manger de grandes araignées, des vers engendrés dans du bois pourri, et des poissons à demi cuits dont ils avalaient les yeux crus.

Mais Colomb ne pouvait se perdre longtemps dans la contemplation de toutes les beautés qui l'environnaient ; il devait voir le plus de pays nouveaux qu'il lui serait possible d'explorer, et il dut se remettre à la recherche des richesses qu'il n'avait jamais autant enviées, mais dont il devait payer cher l'heureuse découverte.

Comme le fait si judicieusement remarquer le comte de Lorgues dans son étude sur la vie de notre héros, tout avait été à souhait dans cette première partie des conquêtes ; la Grâce s'y était montrée sans voiles ; la protection divine s'y était constamment révélée par une merveilleuse combinaison de circonstances propices ; malgré les différences de climat, de température et de régime, l'Élu du ciel n'avait perdu aucun de ses hommes, et non contente d'avoir aplani tous les obstacles de sa route, la Providence la lui avait elle-même tracée. Sa flottille avait sillonné sans aucun accident le groupe des *Lucayes* où les dangers sont très nombreux. Sous le règne de Napoléon 1er, un officier de mer (1) écrivait au sujet de l'abordage de Colomb à *Saint-*

(1) ESMÉNARD, *La Navigation.*

Sauveur : « Quelques lieues plus au Nord ou plus au Sud, ses frêles bâtiments ne pouvaient manquer de périr pendant la nuit, dans des parages qu'après trois siècles d'observation et d'expérience, les navigateurs ne fréquentent qu'avec les plus grandes précautions. C'est une remarque que je n'ai trouvée dans aucun historien, et qui m'a frappé vivement en naviguant dans ces mers. »

Mais les épreuves allaient succéder à toutes ces faveurs; et nous allons voir encore une fois l'Ambassadeur de Dieu, aux prises avec les périls de l'Océan, en même temps qu'avec la perfidie des hommes.

CHAPITRE XIII

Troisième découverte.

Les indigènes avaient souvent entretenu Christophe des riches produits de l'île de *Bavèque* où, selon leurs récits, l'or devait être abondant. Impatient de s'y rendre, Christophe voulut quitter au plus vite la baie du *Prince,* et la mer de *Notre-Dame,* et le 19 novembre, il ordonna de lever l'ancre. Mais les vents étaient contraires, et pendant trois à quatre jours, les caravelles furent contraintes de louvoyer dans les mêmes parages. Ce regrettable retard fut comme le signal des nouvelles épreuves réservées par la Providence à son saint envoyé. L'envie qui avait déjà dans le passé si souvent paralysé ses efforts, anéanti ses espérances et empoisonné ses joies, avait de nouveau pris naissance dans l'âme de ses compagnons le jour même où ses premières découvertes avaient couronné la grande pensée de sa vie, et le cœur de son principal lieutenant, Alonzo Pinzon n'avait pas été préservé

7

de ce mal dont les ravages détruisent parfois chez ceux qui en sont atteints, jusqu'au moindre sentiment de justice et d'honneur. En effet, le commandant de la *Pinta*, avait depuis longtemps décidé de profiter des succès de Colomb pour arriver lui-même à rencontrer d'autres terres, à leur donner son nom, et à revenir ensuite en Europe, afin de se faire attribuer la gloire et les récompenses dues à son maître. Sans en avoir reçu l'ordre, et sans que l'état de la mer l'y eût nullement obligé, il gagna le large pendant la nuit du mercredi, 21 novembre, et le jeudi matin, son navire avait disparu.

Christophe n'avait pas été sans s'apercevoir des fâcheuses dispositions de son capitaine ; mais il ne pouvait oublier que sans son assistance, il n'aurait jamais pu équiper à Palos ses trois navires ni engager tous ses marins, et la reconnaissance l'avait empêché de sévir contre l'insubordination de celui qui jadis lui avait prêté son appui. D'un autre côté, le caractère tolérant, généreux et magnanime de notre héros le détournait de toute rigueur excessive ; plein de droiture et de vertu, il espérait toujours dans le retour de la droiture et de la vertu des autres, et ce fut cette bonté prise par Alonzo pour de la faiblesse, qui encouragea ce dernier à une aussi noire ingratitude. Cette désertion, dont les conséquences privaient l'équipage de son meilleur vaisseau et de ses meilleurs hommes, affecta plus profondément encore Christophe, par la blessure secrète qu'elle faisait à son cœur si désintéressé et si loyal ; on trouve la trace de son chagrin dans cette ligne qui apparaît parmi ses notes : « *Hélas! Pinzon m'a dit et fait bien d'autres choses!* »

Néanmoins, il n'en laissa rien paraître ; et feignant de croire à une déviation involontaire de la caravelle, il prétendit désirer l'attendre, et dans ce but, cingla vers une ombre qui s'étendait sur l'Océan et qu'avec raison il soupçonnait être un port. Christophe y entra avec ses bâtiments après l'avoir baptisé du nom de *Sainte-Cathe-rine,* et il y renouvela ses provisions ; mais les marins ayant remarqué dans la rivière où ils puisaient de l'eau, une foule de petites pierres portant des empreintes d'or, ne voulurent pas y séjourner et engagèrent vivement leur chef à poursuivre sa route vers la région où, selon toute apparence, ce métal devait être répandu à profusion. La flottille suivit alors par le sud-ouest le côté de l'archipel Américain, *rencontrant tous les jours,* est-il écrit au journal du bord, *une chose meilleure que la précédente, et allant du bien au mieux dans chacune de ses recherches.* Après avoir exploré la baie de *Moa,* la pointe du *Mangle,* celle de *Vaez,* elle pénétra dans le port actuellement dit de *Baracoa,* mais qui reçut alors le nom de *Porto-Santo* ou *Port-Saint.* La nature exubérante des tropiques semblait avoir multiplié dans ce lieu tous les charmes et toutes les splendeurs ; des montagnes couvertes de forêts paraissant aussi âgées que le monde, s'étageaient graduellement au loin sur des sommets plus élevés qui se perdaient dans un horizon lumineux ; une quantité d'arbres gigantesques ombrageaient le rivage ; la végétation s'annonçait partout de plus en plus puissante ; et

Christophe confondu à l'aspect de tant de merveilles, renonçait à l'espoir de pouvoir dépeindre les enchantements de ce pays, *le plus beau, le plus délicieux,* assurait-il, *de tous ceux qu'il avait visités jusqu'alors.* » La reconnaissance pour la protection divine dont il se sentait l'objet, ajoutait encore aux transports de son ravissement :

— *Grâce à Notre-Seigneur,* écrivait-il, *pas un seul des gens de mon équipage n'a ressenti jusqu'à ce jour le moindre mal de tête ; pas un seul n'a gardé la chambre pour cause de malaise ; et un vieux matelot, malade depuis longtemps, s'est au contaire trouvé guéri dès son arrivée dans ces régions.*

Le 1er décembre, l'Ambassadeur de Dieu érigeait sur la hauteur la plus dominante de la rade, une croix immense, signe sacré de notre rédemption ; le 4, il remettait à la voile et atteignait le cap qu'en l'honneur de Marie, l'Etoile des Mers, il désigna du nom de *cap de l'Étoile ;* et le 6, il entrait dans un port spacieux, situé à quelques lieues de l'île de Bavèque, et qu'il appela *port de Saint-Nicolas,* en souvenir du Saint dont ce jour-là l'Église honore la mémoire. Le 8, Christophe voulut que l'on célébrât à bord, avec le plus de solennité possible, la belle fête de l'Immaculée-Conception :

— *Chose digne de remarque,* dit à ce sujet un auteur contemporain (1), *trois siècles et demi avant la définition du dogme si cher à toutes les âmes, le cœur catholique de l'illustre navigateur rendait un éclatant hommage à*

(1) M. T. Joséfa.

« Marie conçue sans péché ! » Pendant les offices, il fit tirer des salves en son honneur, et seule, une pluie persistante put s'opposer à l'intention qu'il avait manifestée de pavoiser ses deux navires.

Le lendemain, le mauvais temps retenant les marins sur leurs vaisseaux, Colomb releva exactement ses positions. Il se trouvait en face d'une île nouvelle dont l'aspect frappa singulièrement tous les gens de l'équipage. L'humidité, la forme des nuages, le ton de l'atmosphère rappelaient assez aux Espagnols les effets de l'automne en Andalousie. Lorsqu'on put aborder, on apprit des indigènes qu'on se trouvait devant *Bohio* ou vaste demeure. Ils n'étaient cependant pas d'accord sur le nom de leur terre. On l'appelait encore *Haïti* ou haute terre, et *Quisqueya* ou le Grand Tout. Plus tard, elle prendra le nom de *Saint-Domingue*. Colomb, frappé du rapprochement que l'on pouvait établir entre ses terres, ses collines, ses campagnes, ses produits et ceux de la Castille, voulut la marquer du signe glorieux de sa patrie d'adoption et la surnomma *Hispaniola* (petite Espagne). Cette terre neuve, riante, féconde, immense, baignée par une mer dont les lames semblaient rouler des perles et des parfums, apparut au Génois comme l'île merveilleuse, détachée du continent des Indes, qu'il avait cherchée à travers tant de distance et de périls, et ce fut sans retard qu'il ordonna à ses hommes de l'explorer. Les naturels manifestèrent de prime abord une timidité encore plus grande que celle des autres indigènes ; non seulement leur premier mouvement avait été de s'enfuir, mais, de plus, ils s'obstinaient à ne vouloir entendre aucune des paroles encourageantes que leur adressaient les Européens lancés à leur poursuite ; et ce ne fut que peu à peu qu'ils consentirent à lier conversation avec ces étrangers. Ceux-ci avaient, du reste, reçu de leur chef l'ordre de les traiter avec une grande affection et de les regarder comme des frères, parce que, se plaisait à dire Colomb, *c'étaient les peuples les meilleurs du monde, et surtout parce qu'il avait la ferme espérance que Notre-Seigneur les rendrait tous chrétiens.* « *Je tiens pour certain*, écrivait alors Christophe aux souverains d'Espagne, *que du moment où les missionnaires parleront leur langue, ils embrasseront tous le Christianisme. J'espère en Notre-Seigneur que Vos Altesses se décideront à en envoyer quelques-uns, afin de réunir à l'Église des peuples si nombreux.* »

Dans sa *Vie de Christophe Colomb*, Lamartine fait cette description charmante de l'accueil fait par les insulaires d'Haïti au héros de son histoire, et des mœurs qui les caractérisaient : « Touchés des procédés dont les Espagnols avaient usé à leur égard, les naturels simples, doux, hospitaliers, candides et respectueux, accoururent en foule sur le rivage, comme au-devant de créatures d'une nature supérieure, qu'une intervention céleste leur envoyait des bornes de l'horizon ou du firmament pour être adorées ou servies comme des dieux. Une nombreuse population couvrait les plaines et les vallées d'Hispaniola. Les hommes et les femmes offraient des types parfaits de force et de grâce. La paix perpétuelle qui régnait entre leurs peuplades semblait avoir empreint leur physionomie d'une constante expression de calme et de bonté. Leurs lois n'étaient que les instincts bienveillants du cœur transformés en traditions et en coutumes. On eût dit un peuple enfant dont les vices n'avaient pas encore eu le temps de se développer, et que les inspirations d'une innocente nature suffisaient à gouverner. Ils connaissaient de l'agriculture, de l'horticulture et des arts, tout ce qui est nécessaire aux premières nécessités de la vie ; leurs champs étaient admirablement cultivés ; leurs cases étaient groupées en villages au bord de forêts d'arbres à fruits, dans le voisinage des fleurs et des sources ; leurs vêtements, sous un ciel tiède qui ne leur faisait éprouver ni les chaleurs excessives de l'été, ni les rigueurs de l'hiver, ne consistaient qu'en tissus d'un coton léger et soyeux. Leur juridiction était simple et naturelle comme leurs idées, c'était la famille agrandie par la suite des générations, mais toujours réunie autour d'un chef héréditaire ; celui-ci était le protecteur de leur tribu et non leur tyran ; les coutumes, constitutions non écrites mais inviolables comme une loi divine, régnaient elles-mêmes sur ce petit roi ; autorité toute paternelle d'un côté, toute filiale de l'autre, contre laquelle toute révolte semblait inconnue. »

Christophe s'était plu à reconnaître toutes ces nobles qualités qui distinguaient les habitants de l'île Hispaniola : « *La nature*, écrivait-il lui-même, *y est si prodigue, que la propriété n'y a pas créé le sentiment de l'avarice ou de la cupidité. Ces hommes paraissent vivre dans un âge d'or, heureux et tranquilles au milieu de jardins ouverts et sans bornes, qui ne sont ni entourés de fossés, ni divisés par des palissades, ni défendus par des murs. Ils agissent loyalement l'un envers l'autre sans lois, sans livres et sans juges. Ils regardent comme un méchant celui qui prend plaisir à faire mal à un autre; et cette horreur des mauvais procédés paraît être toute leur législation.* »

Guidés par cette bienveillance habituelle, les indigènes traitèrent les Espagnols en hôtes respectés, et les conduisirent sans défiance dans leurs maisons, leur offrant du pain de cassave, des fruits inconnus, des racines savoureuses, des palmes, des bananes, en un mot tous les dons de leur pays et de leur climat. Aux questions de Christophe concernant la région aurifère, ils répondirent comme les habitants de Cuba en désignant le côté de l'Est, et Christophe prit alors le parti de côtoyer l'île dans cette direction. Partout les tribus se réunirent pour lui souhaiter la bienvenue; et, le 18 décembre, un de leurs chefs nommés *caciques, Guahanagari,* vint solennellement lui rendre visite. Dans une lettre adressée à Ferdinand, l'envoyé de Dieu racontait ainsi les détails de cette cordiale entrevue :

« Vos Altesses, sans aucun doute, auraient été charmées de voir la pompe qui environnait ce souverain. Il entra dans le bâtiment au moment où je dînais sous le château de poupe. Il vint droit à moi, s'assit à mes côtés, et ne me permit pas de me déranger, ni de me lever de table, avant que j'eusse terminé mon repas.

Présumant qu'il aurait du plaisir à goûter les mets qui m'étaient servis, j'ordonnai qu'on lui en donnât. Des viandes qui lui étaient présentées, il ne prenait que ce

Son premier acte fut un acte chrétien : il fit dresser une croix. (Page 80.)

qu'il fallait pour ne pas paraître refuser, puis, les ayant goûtées, il envoyait le reste à ses gens qu'il avait laissés dehors, à l'exception des deux hommes d'un âge mûr qui s'étaient placés à ses pieds ; il en fit de même pour les boissons qu'il se contentait d'approcher de ses lèvres, mais tout cela avec un air de dignité vraiment remarquable. Il parlait peu ; toutefois ses paroles étaient aussi judicieuses que réfléchies. Le roi me remit ensuite une ceinture à peu près semblable de finesse à celles dont on se sert en Castille, mais d'un travail différent, et y joignit deux morceaux d'or travaillé, très minces. Une couverture de mon lit attirant son attention, je la lui offris à mon tour, ainsi que plusieurs grains d'ambre que je portais à mon cou, des souliers de couleur et une fiole de fleur d'oranger. J'envoyai ensuite chercher un collier ayant pour médaillon un grand ducat d'or où étaient gravées les effigies de Vos Altesses, et je lui dis que plus puissants que les autres princes, vous régniez sur la plus grande partie du monde. Je lui montrai aussi les bannières royales et celle de la Croix, qu'il parut regarder avec admiration. *Quels souverains ce doit être,* disaient ses signes, *que ceux qui vous ont envoyé si loin d'un pays qui est sans doute le ciel !* Comme il se faisait tard, il voulut se retirer ; je le fis reconduire dans une chaloupe avec toutes les marques du respect qui lui était dû, et je fis tirer en son honneur plusieurs décharges d'artillerie. Descendu à terre, il se plaça sur son brancard et s'en alla escorté de deux cents hommes ; ayant rencontré des gens de l'équipage, il ordonna qu'on leur servît à manger ; et un matelot me rapporta que chacune des choses que je lui avais données était portée devant lui par un de ses principaux officiers, comme des objets dignes de vénération. »

De plus en plus poussé par son ardent désir de trouver le pays de l'or, Colomb remit à la voile, le lundi 24 décembre, afin de voguer plus avant dans la direction du Levant. La mer était calme, le vent presque nul, la flottille avançait avec lenteur, et au premier quart de la nuit, Christophe crut pouvoir se décider à prendre un peu de repos, non sans avoir cependant recommandé expressément au pilote de faire bonne garde et de ne point quitter le gouvernail. Mais celui-ci, fatigué lui-même, abandonna bientôt son poste à la vigilance d'un jeune novice, pour aller goûter les douceurs d'un profond sommeil. Insensiblement porté vers la côte par le courant, le navire alla donner contre un banc de sable, et la secousse fut si violente que le mousse, effrayé, laissa tomber ses rames. Christophe, réveillé en sursaut, accourut le premier sur le tillac, et son sang-froid aurait peut-être pu assurer le salut de son bâtiment, si ses hommes, épouvantés, n'avaient avant tout pensé à leur propre conservation. Au lieu d'accomplir les ordres de leur chef, tous s'élancèrent dans les chaloupes, afin de regagner la *Nina,* éloignée d'une lieue, mais qui refusa de les recevoir à son bord pour se porter plus vite au secours de Colomb. Les fuyards revinrent donc de force vers le navigateur qui, après avoir lutté contre les brisants jusqu'au démembrement de la dernière planche de la *Santa-Maria,* plaça son équipage sur un radeau, et aborda en naufragé ce même rivage que deux jours plus tôt il visitait en conquérant. Son infortune ne fit qu'augmenter la sympathie que lui avait vouée le *cacique*. En effet, *Guahanagari* avait à peine appris la triste nouvelle, qu'il mit à la disposition des Espagnols sa demeure, ses provisions, ses secours de toute nature, et tout ce qu'il possédait. *Je suis heureux d'affirmer à Vos Altesses*, écrivait le Génois au monarque d'Espagne, *qu'en aucun lieu de Castille, je n'aurais trouvé autant de secourable attention pour empêcher qu'il ne se perdît la moindre chose; à tel point, pourrais-je dire, qu'il ne nous manqua pas une épingle. Loin de profiter de notre malheur pour nous voler, ces braves insulaires avaient fait tous leurs efforts pour sauver ce qu'il était humainement possible d'arracher à l'océan. Tous se lamentaient, d'ailleurs, comme s'ils eussent eux-mêmes subi notre mésaventure. Ce sont des gens d'un cœur excellent, ignorant la cupidité, pleins de douceur; qui aiment leur prochain comme eux-mêmes, et qui ont une façon de parler toujours souriante, la plus affable qui se puisse imaginer.*

Ainsi rejetés par les flots dans ce pays fortuné, les Espagnols manifestèrent un certain désir de s'y fixer; mais Christophe crut plus sage de retourner vers la Castille, afin de faire à Ferdinand un rapport verbal de ses études et de ses découvertes; d'en obtenir des forces plus grandes, et de revenir ensuite continuer et achever son œuvre. Toutefois, il ne se décida à prendre avec lui que l'équipage pouvant être contenu par le seul navire qui lui restait, et voulut laisser le reste de ses hommes à Hispaniola, pour que ceux-ci puissent nouer d'intimes relations avec les insulaires, visiter en détail leurs bourgades, apprendre leur langue, et servir plus tard de guides précieux dans l'entreprise qu'il se proposait plus que jamais de poursuivre. Le projet de l'établissement d'une petite colonie et de la construction d'une tour ou forteresse où demeureraient les marins et où seraient déposés tous les objets qu'il était inutile d'emporter, fut adopté avec enthousiasme ; le cacique lui-même s'y montra favorable, espérant par cette concession obtenir le concours de ses hôtes pour lutter contre ses propres ennemis. Pour le confirmer dans cette attente, mais en même temps pour lui inspirer une crainte qu'il jugeait salutaire, Christophe fit braquer du rivage sur le navire échoué une pièce de canon, et au premier signal, un boulet alla traverser de part en part le bordage qui vola en éclats. La foudre tombant sur les insulaires ne leur aurait pas causé plus de frayeur ; tous se jetèrent la face contre terre, se couvrant la tête des deux mains. Leur chef n'était pas exempt de cet effroi, mais Colomb se hâta de le rassurer et de lui faire comprendre *qu'avec de telles armes, il pouvait l'aider à se défendre contre toutes les attaques.*

Au bout de dix jours, le fortin, construit avec des débris de la *Santa-Maria,* s'élevait sur la grève ; trente-neuf hommes, choisis parmi les plus robustes et les plus fidèles, furent préposés à sa garde ; le gouvernement en fut confié à *Pedra Guttierez* et à *Rodrigue de Scobedo ;* des vivres, des armes, des graines, de la poudre, composèrent son ravitaillement, tandis qu'un médecin, un charpentier, un tailleur, un bombardier, et tous ceux dont l'art ou l'industrie pouvaient en assurer la prospérité, augmentaient sa garnison.

Ces sages précautions prises, et après avoir exhorté ses gens à la paix et à la concorde entre eux, à la prudence et à la bonté envers les indigènes ; après leur avoir recommandé d'obéir ponctuellement à leur chef, de chercher à conserver l'amitié du cacique et celle de son peuple, de les attirer à la religion chrétienne autant par la douceur que par l'exemple, Christophe leur fit ses adieux et mit à la voile pour l'Europe, le vendredi 4 janvier.

CHAPITRE XIV

Retour en Espagne.

Au lever du soleil, Christophe Colomb quitta le port baptisé par lui du nom de *la Nativité* en souvenir de l'hospitalité qu'il y avait reçue le 25 décembre, lors du naufrage de son bâtiment, et il prit la route de l'Est dans le dessein d'explorer toute la côte de l'île Taïti. Après avoir doublé un premier cap, il aperçut une montagne fort haute et sans arbres, sorte de pic très élevé, nu comme un écueil et ayant la forme d'une tente. La foi du navigateur décerna à cette éminence le nom de *Monte-Christo (Mont du Christ)*, parce qu'elle devait servir à désigner le lieu où les chrétiens avaient établi leur première résidence fixe sur les terres du Nouveau-Monde. La *Nina* avait déjà depuis deux jours quitté les rivages de Saint-Dominguc, lorsque le matelot de vigie annonça une voile ; et Christophe qui ne pouvait s'expliquer la présence d'une caravelle dans ces parages, n'eut bientôt pas de peine à reconnaître *la Pinta* dans le bâtiment signalé. Alonzo Pinzon ne put se soustraire à la nécessité d'une explication avec le chef qu'il avait voulu devancer et trahir ; mais il se garda bien de lui avouer les véritables motifs de son odieuse conduite, et mit sur le compte du mauvais temps, d'orages nombreux et d'une foule d'obstacles imprévus, la longueur de son absence. Quoique peu convaincu du fondement de ses excuses, Christophe feignit de les tenir pour vraies, autant pour ne pas être obligé de se montrer sévère à l'égard du coupable, que pour ne pas retarder par d'inutiles complications le retour de la flottille vers l'Espagne. Il dissimula donc son juste mécontentement ; non toutefois sans avoir forcé le capitaine qui s'était emparé de quatre Indiens et de deux jeunes filles dans l'intention de les vendre à ses compatriotes, à reconduire ses prisonniers sur le rivage, après les avoir lui-même comblés de présents.

Le 7 janvier, une voie d'eau se déclara dans les cales de *la Nina,* et le Génois profita de cette relâche forcée pour explorer un fleuve aussi large que le Guadalquivir, dont on rencontra l'embouchure à une lieue de Monte-Christo, et dont le lit charriait un nombre incalculable de petites pierres dorées ; (circonstance qui valut à ce cours d'eau le nom de *Rivière-d'Or*). Colomb aurait voulu visiter avec soin cette partie de l'île *Hispaniola,* mais ses hommes subissaient de nouveau la funeste influence d'Alonzo, et sur les conseils de celui-ci, ils s'opposèrent à ce dessein. Le 9, les deux bâtiments reprirent leur marche, et continuèrent à côtoyer ces rivages dont on baptisait les moindres sinuosités : *la Pointe Isabélique, le cap de la Roca, le cap Français, le cap Cabran, etc., etc.*, afin qu'elles puissent plus tard servir d'indications concernant la direction que devaient prendre les marins appelés à une traversée nouvelle. Le 12, on avança de trente lieues vers l'Europe, et le dimanche, l'ancre fut jetée dans la baie de *Samana* où pour la première fois, le sang indien devait couler sous une main européenne.

Sur l'ordre de Christophe, une chaloupe se dirigea vers la terre pour y faire de l'eau ; mais les matelots qui la montaient aperçurent tout-à-coup, courant sur la plage, des Indiens à la mine féroce qui, armés d'arcs et de flèches, paraissaient fort agités et tout disposés à combattre. Ce spectacle jusque-là sans exemple pour les Castillans, ne les empêcha pas néanmoins d'aborder, et contre leur attente, ils furent si bien accueillis, qu'après avoir échangé contre des bagatelles les armes des indigènes, ils déterminèrent l'un d'entre eux à les accompagner sur leur vaisseau. Christophe reçut affectueusement l'insulaire, et lui posa, sur les mines d'or et sur le pays des *Caraïbes,* une foule de questions auxquelles il répondit avec beaucoup d'intelligence, quoique par signes et dans un langage difficilement traduit par les naturels de Cuba. Ce fut ainsi qu'il indiqua l'Orient comme une région où l'or, faisait-il comprendre, se trouvait en masses aussi grosses que la poupe des caravelles ; et qu'il parla de l'île de *Matitina,* presque exclusivement habitée par des femmes. Après avoir mangé et

reçu un collier de verre ainsi que quelques morceaux
d'étoffes de couleur, l'indigène fut reconduit au milieu
des siens ; mais les dispositions de ceux-ci s'étaient
brusquement modifiées, et leurs démonstrations hostiles
ne permirent pas aux Espagnols de douter un seul
instant de leurs mauvaises intentions. En effet, à peine
étaient-ils débarqués que les sauvages s'élancèrent sur
eux, cherchant à les faire prisonniers ; malgré leur petit
nombre, les hommes de Colomb se défendirent d'abord
avec énergie ; puis ils fondirent à leur tour sur les
agresseurs dont deux tombèrent mortellement blessés.
Tout en regrettant cette sanglante affaire, Christophe ne
put s'empêcher de penser qu'elle pouvait avoir pour son
entreprise d'utiles conséquences ; il ne doutait pas que le
bruit ne se répandit aux alentours que sept chrétiens
avaient su triompher des attaques de quarante insulaires ;
dès lors leur nom serait désormais redouté parmi les
habitants de ces contrées non civilisées. Les mœurs de
ces indigènes étaient plus rudes que celles des autres
naturels ; tous avaient le visage barbouillé de noir, et
portaient de longs cheveux retenus en arrière par un
filet fait de plumes de perroquet. Leurs arcs étaient
formés d'une sorte de bois d'if, et leurs flèches, de
pointes de roseaux mesurant une fois et demie la longueur
d'un bras ; ces dernières étaient armées à leur extrémité d'une baguette plus mince durcie au feu, et garnie
d'une dent ou d'une arête de poisson, trempée dans un
suc empoisonné. En souvenir de ces armes et de la lutte
que ses compagnons avaient dû soutenir en cet endroit,

Colomb changea le nom de la baie de *Samana* en celui de *Golfe des Flèches*; et le mercredi, 16 janvier de l'année 1493, l'Envoyé de Dieu partit définitivement pour la Castille, par un temps propice et une mer excellente.

Grâce à une brise favorable, les Espagnols franchirent en peu de temps une grande distance, et le 9 février, la flottille avait déjà fait près de cinq cents lieues vers l'Europe. Mais à partir de ce jour, le vent qui l'avait si complaisamment portée de vague en vague aux rivages tant désirés, sembla vouloir tout à coup l'éloigner obstinément des côtes entrevues. De terribles rafales, des éclairs incessants et de formidables coups de tonnerre, jetèrent l'épouvante au sein de l'équipage ; dans la nuit du jeudi, 14 février, les lames de plus en plus furieuses firent tourbillonner les navires que ne pouvaient plus diriger ni le gouvernail, ni la voile, et elles les séparèrent à ce point, qu'ils crurent réciproquement à leur perte. L'aurore se leva sur le spectacle effrayant de la tempête. Colomb, qui croyait *la Pinta* ensevelie avec son capitaine dans ces profonds abimes, s'attendait sans cesse à voir sombrer son propre bâtiment sous une de ces montagnes d'eau qu'il gravissait et redescendait avec une rapidité vertigineuse ; mais il sentait surtout son cœur se briser à la pensée que le mystère de sa laborieuse découverte allait périr avec lui, et que sa mort emporterait le mot enfin trouvé de cette énigme du globe, que dans la suite on chercherait peut-être encore longtemps en vain. Aussi prit-il toutes les précautions imaginables, pour assurer le sort de sa grande entreprise. On trouve dans une lettre que le Génois écrivit plus tard aux souverains d'Espagne, ce témoignage de son anxiété, de sa ferveur et de sa prudence :

« *J'aurais supporté patiemment cette infortune si ma seule personne eut été mise en péril. Je sais que je dois rendre un jour mon âme au Seigneur, et j'avais déjà vu tant de fois la mort de près, que je ne pouvais m'effrayer du dernier moment de la vie. Mais je ne me disais pas sans une profonde douleur, qu'après que Dieu qui m'avait suscité l'idée de cette entreprise et conduit ensuite au but espéré ; qu'après que tous les avis donnés contre moi, Vos Altesses avaient consenti à me prêter leur protection et leur appui, il serait déplorable que ma mort vint mettre à néant tout ce qui avait été fait et obtenu.*

» *Cette mort, me disais-je encore, serait toutefois acceptable si, séduits par l'espoir d'un magnifique résultat, d'autres hommes ne m'eussent suivi dans cette expédition. Ceux-ci voyant qu'ils couraient de grands dangers, non seulement déploraient de m'avoir accompagné, mais encore d'avoir cédé à mes conseils ou obéi à mes ordres, quand j'avais refusé de me rendre au désir qu'ils avaient maintes fois témoigné de regagner les côtes d'Espagne. Par-dessus tout, ma pensée se reportait vers mes deux fils que j'avais laissés aux écoles de Cordoue, orphelins en terre étrangère, Vos Altesses ignorant les services que j'avais pu rendre et par conséquent ne se croyant nullement engagées à leur servir de protecteurs. D'une part, d'ailleurs, j'avais foi en la bonté de Notre-Seigneur qui ne voudrait pas*

qu'après tant de peines et de traverses, le succès définitif
ne couronnât pas une entreprise dont il devait revenir tant
de gloire à la Sainte Église; d'autre part, je me demandais
si par mes faiblesses et par mes péchés, je n'avais pas
démérité qu'une joie aussi grande me fût accordée en cette
vie.

» Partagé entre ces sentiments contraires, je me
demandais s'il n'était pas un moyen de faire que, moi
étant mort et les navires étant perdus corps et biens, Vos
Altesses ne fussent pas privées des fruits de notre expédition, et je cherchais par quelles voies elles pourraient être
instruites des détails et des résultats de mon voyage.
J'écrivis sur un parchemin, avec la brièveté que comman-
daient les circonstances, comment j'avais trouvé la terre
que j'étais allé chercher et que j'avais promis de découvrir; en combien de jours et par quelle route j'avais atteint
ces pays que je décrivais succinctement. Je disais aussi les
mœurs des habitants qui restaient les sujets de Vos
Altesses, au nom desquelles j'avais pris possession de
toutes les terres rencontrées.

» Cet écrit achevé et scellé, je l'adressai à Vos Altesses
en ajoutant à la souscription la promesse de mille ducats
à celui qui le leur ferait parvenir. Je me fis apporter un
baril dans lequel je déposai le parchemin, bien enveloppé
d'une toile cirée et bien scellé à nouveau. Puis le baril
ayant été recerclé soigneusement, je le fis jeter à la mer.
Mes gens crurent que c'était là quelque acte de dévotion;
et comme je jugeai qu'il pourrait arriver que ce tonneau
ne fût jamais trouvé, je fis un second écrit pareil au

premier, et je l'enfermai dans un autre baril que je plaçai au-dessus du château de poupe de ma caravelle, pour que, au cas où nous viendrions à sombrer, le baril restât flottant sur la mer, et eût la chance d'être aperçu et recueilli. »

Colomb avait en outre renfermé d'autres relations de ses voyages dans des rouleaux de cuir et des caisses de cèdre qu'il confia également aux hasards des flots. Certains historiens racontent qu'une de ces bouées fut ballotée pendant trois siècles et demi sur la surface de l'Océan, dans le lit de la mer ou sur les grèves, et que le matelot d'un navire européen, en embarquant un jour du lest pour son vaisseau, sur les galets de la côte d'Afrique en face de Gibraltar, ramassa une noix de coco pétrifiée qu'il apporta à son capitaine comme une vraie curiosité de la nature. La noix fut ouverte pour savoir si l'amande avait résisté au temps, mais on ne trouva dans son écorce creuse qu'un parchemin sur lequel étaient tracées ces lignes en lettres gothiques : *« Nous ne pouvons résister un jour de plus à la tempête; nous sommes entre l'Espagne et les îles découvertes à l'orient. Si la caravelle sombre, puisse quelqu'un recueillir ce témoignage ! Christophe Colomb. »* La mer avait gardé pendant trois cent cinquante-huit ans ce suprême message, et ne le rendait à l'Europe qu'après l'entière colonisation du Nouveau-Monde.

Cependant les orages succédaient aux orages ; *la Nina* était remplie d'eau, et bientôt les regards hostiles, les murmures irrités des hommes de l'équipage avertirent

Christophe d'un surcroît de danger. Encore une fois, ses marins s'en prenaient à lui de leur détresse et menaçaient de se venger, lorsque l'envoyé de Dieu fit appel à leur piété et calma leur injuste courroux. Il leur proposa de faire un vœu et de tirer au sort pour savoir lequel d'entre eux serait chargé de l'accomplir, c'est-à-dire, porterait à la main un cierge de cinq livres, et se rendrait en pèlerinage à *Notre-Dame de Guadeloupe*. Tous acceptèrent et mirent dans un de leurs longs bonnets de laine un nombre de pois chiches, égal à celui des personnes qui se trouvaient à bord, après avoir eu soin d'en marquer un d'une entaille en forme de croix. Chacun s'approcha à son rang, suivant l'ordre des préséances, et ce fut ainsi que Christophe qui devait naturellement s'avancer le premier, amena le signe choisi. Sous la terreur d'un péril grandissant, les Espagnols firent un nouveau vœu, et se servirent du même moyen pour connaître celui qui devait être appelé à l'honneur de le remplir : il s'agissait du sanctuaire de Notre-Dame de Lorette, dans les États Pontificaux. Le sort désigna un pauvre marin du port de Sainte-Marie-de-Santogua, évidemment hors d'état de satisfaire à une pareille dépense, mais Colomb se chargea des frais du voyage. Le ciel demeurant d'airain, on fit une troisième promesse : celle que toute une nuit en prière serait passée devant l'autel de *sainte Marie-de-Moglier*, et Christophe fut encore désigné pour tenir cet engagement. Mais loin de se calmer, la tempête redoublait de fureur, comme pour livrer tous les assauts à la foi des pauvres marins.

Ceux-ci ne perdirent pas encore courage et se décidèrent à un vœu collectif : celui d'aller faire processionnellement leurs dévotions, pieds nus et en chemise, à la chapelle de la Sainte Vierge, la plus voisine de la première terre chrétienne où l'on aborderait.

Après trois jours et trois nuits d'angoisses indicibles, le vendredi, 4 février, un marin monté aux cordages aperçut une terre que Christophe reconnut pour être une île de l'Archipel des *Açores;* mais la mer furieuse empêcha la caravelle de s'en approcher, et celle-ci, soumise aux plus dures épreuves, dut s'abandonner à la tourmente. Pendant la nuit du samedi, 16, *la Nina* fut conduite par les flots écumants près d'une côte où elle put enfin jeter l'ancre, et le lendemain Christophe toucha les rivages de l'île *Sainte-Marie,* où semblait l'avoir attendu la vengeance vigilante du roi de Portugal. En effet, le lundi 18, le gouverneur du pays, Don Juan de Castaneda envoya habilement complimenter Christophe du succès de sa glorieuse entreprise, et de la protection divine qui paraissait le défendre contre tous les périls, car, assurait-il, *il tenait pour miraculeux que son vaisseau eût pu tenir contre une si épouvantable tempête;* il lui fit même porter des rafraîchissements *et présenter toutes ses salutations.* Plein de confiance dans la sincérité de cet accueil, Christophe songea tout d'abord à l'accomplissement du pèlerinage promis, et s'informa si l'île avait le bonheur de posséder une église dédiée à la sainte Mère de Dieu. Sur la réponse qu'un ermitage placé dans les rochers se trouvait seul placé sous ce

Dessins attribués à Christophe Colomb.

doux vocable, Christophe décida que dès le lendemain
ses hommes se rendraient en deux fois, par moitié et
comme il avait été convenu, à ce pieux sanctuaire, et fit
demander au prêtre qui en avait la garde, de vouloir bien
dire une messe à ses intentions. Mais les pèlerins étaient
à peine débarqués, que les Portugais s'élancèrent sur
eux, les enchaînèrent et s'emparèrent de la chaloupe
qui les avait amenés. Vers le milieu de la journée,
Christophe ne pouvant s'expliquer le retard de ses
compagnons partis au lever du soleil, craignit qu'ils
n'eussent été victimes de quelque accident ou de quelque
piège, et appareilla en toute hâte afin de pouvoir leur
porter secours. Bientôt il aperçut un nombre considérable d'hommes à cheval qui, à la vue de son bâtiment,
mirent pied à terre, entrèrent tout armés dans des
embarcations préparées à les recevoir, et se dirigèrent
vers son vaisseau avec l'évidente intention de l'assaillir.
Leur capitaine s'avança le premier pour déclarer au
Génois qu'il avait ordre de s'emparer de sa personne en
quelque endroit que ce fût; mais Colomb répondit avec
la plus noble fierté à ses paroles insolentes. Il lui
démontra d'abord combien il semblait oublier les usages
observés même entre les peuples ennemis; il mit en
doute une mesure aussi déloyale de la part du roi de
Portugal dont les équipages avaient toujours été si géné-
reusement traités par les Castillans; puis il montra les
lettres par lesquelles Ferdinand le recommandait à tous
les princes, lui donnait le titre de Grand Amiral et
lui conférait un pouvoir souverain; il en appela à la

noble conduite des Altesses qui lui avaient prescrit de
traiter toujours et partout avec honneur et courtoisie les
navires portugais; enfin, il lui fit entrevoir le danger
d'une attitude qui pouvait donner lieu à des hostilités
regrettables et à une guerre sanglante entre les deux
royaumes. Mais Don Juan refusa de se rendre à aucune
de ces excellentes raisons, et ordonna au navigateur
Génois d'entrer en captif dans le port avec sa caravelle,
en lui faisant connaître dans cette décision *la volonté de
Jean II son maître.*

Indigné d'une arrogance mêlée de tant de perfidie,
l'Ambassadeur de Dieu prit tous ses compagnons à
témoin de l'injure qui lui était faite, et jura de ne pas
descendre de son vaisseau avant d'avoir vaincu les Portugais, et d'avoir complètement ravagé et dépeuplé leur
île. Intimidé par une si audacieuse résolution, le gouverneur laissa Colomb reprendre son premier mouillage, et
rendit même la liberté à ses hommes. Le dimanche,
24 février, les marins se remettaient en route pour la
Castille; mais comme si la Providence voulait éprouver
jusqu'à la dernière extrémité la foi de son Messager, le
vent qui depuis la veille s'était un peu apaisé, s'annonça plus violent que jamais, et parut s'obstiner à
vouloir rejeter la caravelle sur les rivages ennemis. Le
3 mars, la tourmente se montra si redoutable, que l'on
dut carguer toutes les voiles, tandis que les matelots
promettaient un nouveau pèlerinage à *Notre-Dame de la
Cinta*, dans la province d'Huelva. Chassée par un
souffle furieux, courant avec ses mâts privés de voiles

sur les flots en courroux, *la Nina*, lancée contre tous
les écueils au sein d'une mer terrible, semblait voler à
sa perte, au milieu des éclairs et des grondements pro-
longés de la foudre. Les habitants de *Cascaës*, qui
l'aperçurent à demi ensevelie sous les lames, la crurent
irrémissiblement perdue, et renonçant à tenter un sauve-
tage aussi dangereux qu'inutile, ils se rendirent à
l'église, allumèrent des cierges et se mirent à réciter
les prières des morts. Mais l'œil de la divine Providence
suivait à travers les brisants, la nef qui portait son
Envoyé ; et celui-ci put bientôt distinguer le roc élevé
de *Cintra*, près du Tage. L'Étoile des mers invoquée
avec une si constante ferveur par ces pauvres matelots
en péril, parut diriger elle-même le navire en détresse,
lui permettant, le lundi 4 mars, d'entrer sans encombre
dans le port de Bastello.

Pendant un instant, Christophe se demanda si son
implacable ennemi, le roi de Portugal, n'allait pas de
nouveau lui faire payer cher son hospitalité. Mais Dieu,
qui est le maître des cœurs comme celui des éléments,
avait brusquement changé les dispositions de Jean II ; et
lorsque le Génois lui envoya en tremblant un respectueux
message pour l'autoriser à s'abriter dans ses États, le
souverain lui répondit en donnant à ses gens ordre de
pourvoir à tous ses besoins, et en l'engageant à venir lui-
même le trouver à sa Cour. Tout d'abord Christophe reçut
avec quelque défiance une invitation si inattendue ;
toutefois, il se rappela les liens sympathiques qui unis-
saient les deux nations voisines, et se confiant plus

encore dans la protection de Dieu, il se décida, le samedi 9 mars, à se rendre au *Val-du-Paradis*, situé à neuf lieues de Lisbonne, où le monarque avait fixé sa résidence. Prévenu de son arrivée, Jean II envoya à sa rencontre ses principaux officiers ; et lorsqu'il se présenta devant lui, il le reçut avec les témoignages de la plus grande considération ; il lui commanda même de se couvrir, le fit asseoir à ses côtés ; et après avoir écouté avec une évidente satisfaction le récit détaillé de son voyage, il mit à sa disposition tout ce qui pouvait être utile au service de Leurs Majestés Espagnoles.

C'est en vain que pour sauvegarder l'honneur des gentilshommes portugais, l'histoire voudrait cacher l'infâme tentative dont ils ne craignirent pas alors de se rendre coupables : le fait en est acquis d'une manière universelle et irrécusable. Quelques lâches courtisans, croyant répondre à un désir inavoué de Jean II, lui proposèrent d'ensevelir dans la mort de Christophe, avec le secret de ses découvertes, les droits de la couronne d'Espagne sur les terres nouvellement conquises, et lui offrirent *de se charger eux-mêmes de ce glorieux assassinat ;* mais le roi protesta de toute son énergie contre une telle horreur ; il força au contraire les plus hauts personnages à faire cortège à son hôte, et ordonna au plus puissant d'entre eux, Don Martin de Morona, de l'accompagner jusqu'à la frontière.

Autour de *la Nina*, la mer était couverte d'embarcations amenant de nombreux curieux ; chacun voulait entendre l'intéressant récit de ces lointains voyages, et

tous louaient le Seigneur d'avoir miraculeusement favo-
risé cette glorieuse entreprise. Christophe mêlait aux
transports de leur allégresse les accents de sa propre
reconnaissance ; et dans la lettre qu'il écrivit aux souverains Castillans pour les informer de son arrivée, il
rendait au secours de la Providence cet éloquent hommage :

« *Béni soit le Seigneur !... Béni soit celui qui donne la*
victoire et le succès à qui suit ses voies !... Il l'a miracu-
leusement prouvé en ma faveur. J'ai entrepris un voyage
contre l'avis d'un grand nombre de personnages distingués ;
tous traitaient mon dessein de chimère. J'espère en Dieu,
que le résultat fera grand honneur à la chrétienté. »

Le mercredi, 13 mars, deux heures après le lever du
soleil, Colomb remettait une dernière fois à la voile pour
l'Espagne. Son premier voyage touchait à sa fin, *et*
l'entreprise qu'il avait regardée lui-même comme une
œuvre de plusieurs années, allait être accomplie dans le
court espace de sept mois et onze jours.

CHAPITRE XV

Fêtes et joies du retour.

Le vendredi, 15 mars, vers midi, Christophe Colomb entrait par la baie de *Faltes* dans le port de Palos d'où il était parti le vendredi 3 août de l'année précédente. Il est bon de remarquer ici que, par opposition aux idées superstitieuses qui, à cette époque surtout, se rattachaient au vendredi, l'Ambassadeur de Dieu l'avait, avec raison, regardé comme un jour fortuné, que la Providence elle-même se plaisait à choisir pour l'accomplissement des plus heureux événements de l'entreprise. En effet, c'était le vendredi que Christophe était parti de Palos; qu'avait eu lieu la première observation de la variation magnétique; que les premiers signes des régions intertropicales avaient été aperçus; qu'on avait rencontré le grand phénomène de l'Océan, cette mer d'herbes qui présageait le voisinage des côtes; c'était le vendredi que le 12 octobre, la terre du Nouveau-Monde

avait été découverte et que la première croix y avait été
plantée ; que le 16 novembre, une autre croix avait été
trouvée toute préparée dans Port-Saint ; que le 4 janvier,
Colomb reprenait la route de l'Espagne ; c'était un vendredi, que le vent lui ramenait le capitaine déserteur,
Alonzo Pinzon ; que le 15 février, échappé à une affreuse
tempête, il apercevait les *Açores* ; que le 22 du même
mois, il retrouvait son équipage enlevé par les Portugais ;
et que le 8 mars, l'invitation de Jean II marquait le premier pas de sa gloire.

Lorsque *la Nina* fut en vue, lisons-nous dans un
auteur contemporain (1), lorsque l'on eut reconnu flottant à ses mâts le pavillon de l'expédition et l'étendard
de la Castille, ce fut dans la petite ville de Palos une
indescriptible émotion. Les uns quittèrent leurs affaires,
les autres leurs plaisirs, et tous se précipitèrent vers le
rivage, faisant retentir les airs de leurs joyeuses acclamations ; les boutiques furent fermées et les rues jon-
chées de fleurs ; les cloches des églises sonnèrent à
grande volée, tandis que le canon tonnait comme à l'an-
nonce d'une éclatante victoire. C'était un triomphe, en
effet, et le plus considérable que la civilisation eût jamais
remporté sur la barbarie.

Mais loin de s'abandonner à l'orgueil qu'auraient pu
faire naître dans son âme les légitimes honneurs qui lui
étaient rendus, le premier soin de Christophe fut de
tourner vers le véritable auteur de sa gloire les transports enthousiastes de la foule. Marchant en tête du

(1) P. de Joriaud.

peuple, il se rendit en procession à l'église, autant pour remercier Dieu de l'heureuse issue de son voyage, que pour accomplir sans le moindre retard le vœu fait par l'équipage à l'heure du péril; puis il se retira pour quelques jours au couvent de la Rabida, afin de s'y reposer de ses fatigues et d'y jouir des caresses de son fils, comme de la sainte amitié du P. Gardien.

Au moment où le Génois prenait terre à Palos, le traître Pinzon, qui n'avait nul soupçon de cette miraculeuse arrivée, débarquait en Galicie et manifestait l'intention de se rendre à Barcelone, croyant ainsi pouvoir s'attribuer la découverte du Nouveau-Monde; mais lorsque le roi de Castille, instruit de cet audacieux projet, signifia au rebelle de ne paraître devant lui qu'à la suite du chef dont il était le subordonné, ce déboire lui fut si cruel, qu'il en mourut de honte et de dépit.

Informés dans le même temps de l'arrivée du navigateur, Ferdinand et Isabelle se hâtèrent de le féliciter de son retour dans les termes les plus élogieux, traçant sur l'adresse de leur missive ces lignes gracieuses : *A Dom Colomb, notre amiral de la terre océane et gouverneur des îles découvertes dans les Indes;* puis ils l'avertirent *que les rois l'attendaient à Barcelone, afin d'y entendre de sa bouche le récit de sa merveilleuse traversée.* Christophe s'empressa de se rendre à cet appel ; mais, obligé de s'arrêter presque à chaque pas devant les manifestations des populations qui se pressaient sur son passage, il ne put arriver auprès des souverains que vers le milieu du mois d'avril. Leurs Majestés lui avaient

préparé une réception proportionnée à l'importance de
ses services ; toute la noblesse espagnole, accourue de
toutes parts, avait été envoyée à sa rencontre pour lui
faire escorte, et l'entrée du Génois dans la ville royale
fut absolument celle d'un triomphateur. Les Indiens,
ramenés par l'escadre comme une preuve vivante de
l'existence d'autres races humaines sur les terres du
nouveau continent, venaient en tête, le corps peint de
diverses couleurs et le cou orné de colliers d'or et de
perles ; à leur suite, marchait un pilote portant le pavillon de Castille qui avait été arboré sur les caravelles ;
des alligators, des serpents empaillés étaient présentés
par des marins aux yeux étonnés de la foule ; des perroquets de plus de quarante espèces mêlaient leurs cris
discordants aux bravos enthousiastes du peuple ; des
plantes inconnues, des arbustes de toute nature ;
d'énormes cactus, de hautes branches de cocotiers, des
palmiers, des fougères arborescentes, des lianes magnifiques, des fruits d'une étrange grosseur s'étalaient au
milieu de parfums, de bracelets d'or et de pierres précieuses, dans des bassins splendides portés sur la tête,
par des esclaves noirs ou maures.

*Derrière toutes ces richesses, deux iguanes, c'est-à-dire
deux lézards monstrueux mesurant cinq à six mètres de
longueur, faisaient miroiter sur leur dos d'écailles, les
couleurs brillantes et variées de l'arc-en-ciel.* Enfin,
apparaissait Christophe monté sur un cheval du roi, et
suivi d'une cavalcade de courtisans et de gentilshommes.
Tous les regards se concentraient sur cet homme inspiré

de Dieu qui avait soulevé le voile étendu sur le mystérieux Océan : la beauté de ses traits, la majesté pensive
de sa physionomie, la vigueur de la jeunesse jointe en
lui à la gravité de l'âge déjà mûr, tout dans sa personne
semblait marqué du sceau de sa mission céleste ; sous
son front couvert de rides, on sentait le travail incessant
d'une grande pensée ; sa tête blanche indiquait une force
morale que la mort seule pouvait vaincre ; tandis que
son maintien calme et digne révélait le sentiment intime
de sa valeur, uni à l'humilité qui sait en tout reconnaître
l'œuvre de Dieu.

Suivant l'expression d'un historien de ce temps,
Christophe fut reçu par les souverains *non seulement
comme un grand homme, mais encore comme un grand
d'Espagne ;* les salles du palais avaient été agrandies
pour que tout le peuple pût jouir de cet unique spectacle ;
sous un dais immense, fait de brocart et d'or, s'élevaient
les deux trônes de Ferdinand et d'Isabelle, ayant à leur
côté la banquette de velours destinée à l'Infant et un
fauteuil artistement sculpté réservé à l'Explorateur.
Lorsque celui-ci parut, le roi et la reine de Castille se
levèrent pour faire quelques pas à sa rencontre, et
comme Colomb se prosternait pour leur baiser la main
selon le cérémonial alors en usage à la Cour, le monarque
le releva et le fit asseoir auprès de lui, tandis qu'Isabelle
lui disait à haute voix : *Don Christophe Colomb, amiral
de l'Océan et vice-roi du Nouveau-Monde, couvrez-vous.*
Christophe obéit avec une noble simplicité et sur les
instances royales pour raconter jusque dans leurs

moindres détails les péripéties de son merveilleux voyage, il commença cette leçon de géographie et d'histoire naturelle unique dans l'histoire du monde, leçon qui n'avait jamais eu de précédent et à laquelle nulle autre dans la suite ne put jamais être comparée. Puis le narrateur rapporta au Dieu dont il se glorifiait d'être l'indigne instrument, tout l'honneur et le succès de l'entreprise ; il montra dans le résultat obtenu, la récompense accordée par le Ciel à la piété des rois catholiques, comme à leur zèle pour la propagation de l'Évangile, et fit briller à tous les regards, par l'exposé de ses religieuses espérances, l'encourageante perspective du salut ainsi assuré à plusieurs milliers d'idolâtres. A la fin de ce récit que la poétique éloquence du Génois sut colorer de toutes les richesses de son inépuisable imagination et de son saint enthousiasme, l'auditoire se mit à genoux, et le chant du *Te Deum* entonné par les souverains, fit monter vers Dieu les plus reconnaissantes actions de grâces de tous les cœurs espagnols.

Leurs Majestés se plurent à combler le héros de toutes leurs faveurs ; tous les titres qui lui avaient été conférés avant son départ lui furent confirmés par lettres patentes ; Dona Isabelle lui octroya des armoiries écartelées des armes royales de Castille et de Léon avec cette devise :

Por Castilla y por Léon
Nuevo Mundo Wallo Colon.

Ferdinand affecta de ne plus paraître en ville qu'ayant son fils à sa droite et Colomb à sa gauche, distinction

qui jusque-là n'avait été décernée qu'au premier prince
du sang royal. Le premier ministre d'Espagne, le cardinal Pierre Gonzalès de Mendoza, le traita dans un festin
où il lui offrit la place d'honneur, et le fit servir à plats
couverts, avec ordre de ne rien lui présenter dont on eût
fait l'essai, ce que tous les seigneurs observèrent en le
traitant à leur tour. Ses frères Barthélemy et Diégo,
quoique absents tous deux des États castillans bénéfi-
cièrent eux-mêmes de ces libéralités ; le titre de Don
leur fut accordé, et les droits de noblesse furent étendus
à leur famille. Dans le même temps, des courriers
avaient été envoyés dans toutes les Cours de l'Europe
pour y porter le nom du navigateur et la grande nouvelle
de ses succès ; mais si celui-ci ne laissa pas son âme
s'enorgueillir de tels hommages, il ne permit pas non
plus à la jalousie d'humilier sa modestie. Un jour qu'il
avait été invité à la table royale, un des convives envieux
de ces honneurs prodigués au fils d'un cardeur de laines,
lui demanda astucieusement s'il pensait que nul autre
que lui n'aurait découvert ce second hémisphère dans
le cas où il ne serait pas né. Colomb ne répondit pas
directement à la question dans la crainte d'en dire trop
ou trop peu sur son propre compte, mais prenant un
œuf entre ses doigts, il s'adressa à tous ceux qui l'entou-
raient, et les invita à le faire tenir sur l'un de ses deux
bouts. Personne ne put y parvenir. Christophe cassa
l'œuf par une de ses extrémités, et le posant sur son
ovale brisé, montra à ses rivaux qu'il n'y avait aucun
mérite dans la simplicité d'une idée, mais que nul

cependant ne pouvait la soupçonner, avant qu'un premier inventeur en ait donné l'exemple, renvoyant par là à l'Inspirateur suprême le mérite de son entreprise, mais revendiquant en même temps pour lui l'honneur de la primauté.

Le retour de Christophe vers l'île d'Hispaniola avait été décidé avec son triomphe, et en conséquence de ce projet, les souverains catholiques avaient dû penser à obtenir du Saint-Siège l'investiture des Indes. Quelques difficultés avaient déjà surgi du côté de Rome au sujet de l'expédition. Dès l'année 1438, le Portugal avait reçu du Pape plusieurs bulles lui garantissant la propriété des terres qne les navigateurs portugais avaient les premiers foulées en Orient, et Colomb, qui désirait obtenir les mêmes privilèges pour l'Espagne, craignait avec raison que des réclamations successives ne vinssent à s'élever entre les deux pays. Un défaut d'entente n'avait pas tardé, en effet, à se produire : l'Espagne, en s'appropriant les conquêtes du Génois, semblait porter atteinte aux droits de Jean II qui avait obtenu de Martin V la souveraineté des pays situés entre le cap Bojador et les Indes, et le Portugal s'était hâté d'envoyer une escadre pour revendiquer cette prérogative. Christophe proposa de soumettre la question au Souverain-Pontife qui était l'arbitre né de tous les royaumes européens. Le pape Alexandre VI, qui occupait alors le trône pontifical, consentit sans peine, le 4 mars 1493, à accepter le plan de démarcation tracé par Colomb, plan qui devait être de tout temps considéré comme *la plus hardie*

conception qui fût jamais sortie du cerveau humain. Cette
ligne adoptée par les deux nations rivales, partageait le
monde en deux hémisphères, et donnait l'Océan aux
deux plus grandes puissances maritimes de l'époque, en
laissant le champ libre aux Portugais du pôle arctique au
pôle antarctique à cent lieues des Açores et du cap Vert,
et en permettant aux Espagnols de réserver l'autre côté
du Nouveau-Monde. « C'est un spectacle imposant, dit
l'historien César Cantu, en parlant de cet acte fameux,
que de voir le Pape se lever dans toute la grandeur du
Moyen Age pour tracer du bout de son doigt les confins
de deux grandes puissances et leur dire : vous viendrez
jusqu'ici ; comme si l'on était encore au temps où les
rois le choisissaient pour arbitre, au lieu de courir aux
armes. » Ce fut surtout plus tard, lorsque le premier
voyage de circumnavigation autour du globe fut accompli,
que l'on put s'extasier sur le génie divinateur du Génois,
et que l'on put le mieux admirer la ligne tracée par lui,
dans des vues pour ainsi dire prophétiques.

Comprenant combien ils étaient redevables à Colomb
des avantages assurés à l'Espagne par cette concession
du Saint-Siège, les souverains de Castille décidèrent que
les titres, les privilèges et les bénéfices qui feraient
l'apanage de Christophe dans la seconde expédition,
devraient passer après lui à ses enfants ; ils lui accor-
dèrent également la vice-royauté, l'administration et le
quart des richesses et produits des terres où il planterait
la Croix de Jésus-Christ et leur étendard ; enfin, ils lui
décernèrent un brevet particulier qui lui donnait tout

pouvoir de partager avec qui bon lui semblerait l'exercice de ses hautes fonctions ; en même temps sommation était faite à tous les officiers et sujets espagnols de ne susciter, sous peine d'amende et de disgrâce, aucun empêchement à l'exécution des mesures prises en faveur de Christophe. Leurs majestés apportant surtout leurs soins à la publication de l'Evangile, firent choix de douze prêtres séculiers, et leur donnèrent pour supérieur un bénédictin catalan, d'un mérite distingué, le Père Boïl auquel un bref pontifical conféra le titre de vicaire apostolique des Indes. Alexandre VI, plein de confiance dans ces lignes que lui écrivit Christophe pour obtenir le concours de quelques fervents religieux : *J'ai l'espoir que Dieu aidant je pourrai un jour répandre aussi loin que possible le nom de Notre Seigneur Jésus-Christ,* lui envoya plusieurs missionnaires à qui il donna des pouvoirs fort étendus après leur avoir lui-même indiqué la conduite qu'ils devaient tenir à l'égard des Américains, et l'énergie qu'ils devaient déployer pour défendre ceux-ci contre toute espèce de mauvais traitements. Hélas l'influence de ces apôtres de la charité, ne devait pas être toujours assez puissante pour s'opposer aux déplorables violences des Espagnols, et le *Te Deum* qui avait récemment retenti sous les voûtes du palais de Barcelone, pouvait être considéré par les pauvres insulaires, comme le funèbre prélude de leurs gémissements.

L'archidiacre de Séville, Fonseca, avait été chargé de tous les préparatifs de la nouvelle expédition ; mais à partir de ce jour, il devint l'hypocrite rival de celui qu'il avait pour mission de seconder, et concentra tous ses efforts à lui susciter les plus insurmontables obstacles. Toutefois, ses lenteurs, ses pièges et ses ruses ne purent entraver l'ardeur qu'apportaient les commissaires à répondre à l'impatience des souverains, et lorsque Christophe quitta la Cour, y laissant ses deux fils en qualité de pages, il trouva dès son arrivée à Séville, dix-sept navires, tant grands que petits, non seulement tout armés, mais encore chargés de vivres, pourvus d'artillerie, et munis de tout ce qui était nécessaire pour le voyage, comme pour les colonies que l'on voudrait établir.

L'aventureux génie des Espagnols, leur esprit de prosélytisme religieux et leur caractère chevaleresque, précipitèrent sur ces vaisseaux un grand nombre de gentilshommes, pressés les uns de porter la foi aux infidèles, les autres de conquérir la renommée ou la fortune; une foule de volontaires, poussés par la passion de l'or ou de la gloire, voulurent faire partie du voyage ; mais force fut à Christophe de réduire à quinze cents ces demandes multipliées (1).

En même temps, on embarquait des ouvriers de tous les métiers, des cultivateurs de toutes les zones, des

_____

(1) Parmi les passagers, on distinguait surtout Alonzo de Ojeda, ancien page d'Isabelle, le plus beau, le plus brave et le plus intrépide chevalier de la Cour, poussant le téméraire courage jusqu'à la démence. Un jour il était monté avec la reine au sommet de la tour de Séville, *la Giralda,* pour en admirer l'étonnante élévation ; autant pour contempler le délicieux panorama offert par les campagnes environnantes que pour plaire à la souveraine, il s'était élancé sur une poutre étroite débordant des créneaux, et y avait exécuté, sur un seul pied, des prodiges d'adresse et d'audace, sans que le moindre vertige eût troublé ses yeux ou eût fait trembler son corps.

animaux domestiques de toutes les races, des instruments
de toute espèce pour travailler aux mines et pour purifier
les métaux ; des marchandises pour tous les commerces ;
des arbres à fruits, des cannes à sucre, des ceps de
vigne, des plantes et des graines de tous genres; des
échantillons de tous les arts ; enfin tout ce qui pouvait
charmer les insulaires, féconder leur sol, leur enlever
leurs richesses ; l'or, le parfum et les perles ; et tout ce
qui pouvait servir au progrès des établissements qu'on
se proposait de fonder parmi eux. C'était la croisade de
la religion, de l'industrie, de l'ambition et de la cupidité ;
pour les uns le ciel, pour les autres la terre ; mais pour
tous, l'inconnu et le merveilleux.

On était donc loin de la terreur et de l'anxiété du
premier départ ; aussi ce fut au milieu des cris d'une
véritable allégresse que, le 25 septembre 1493, une
heure avant le lever du soleil, Christophe ayant arboré son
pavillon sur la plus grande des caraques, nommée par
sa dévotion envers la Sainte Vierge, *la gracieuse Marie,*
donna l'ordre de lever les ancres et de faire voile vers
les Canaries.

CHAPITRE XVI

Seconde traversée.

Le 1er octobre, la flotte fit relâche à l'*île de fer;* le mercredi 11, elle s'arrêta devant la *Grande Canarie;* le samedi 17, elle aborda à l'*île de Gommerre;* et après s'être ravitaillée, elle poursuivit rapidement sa route vers les Indes. Le capitaine de chaque navire reçut alors de Colomb un pli fermé et cacheté avec ordre de ne l'ouvrir qu'au cas où, par suite du mauvais temps, ils se trouveraient séparés du vaisseau amiral. Cet écrit ne contenait rien de plus que les indications à suivre pour arriver au port de *la Nativité;* mais il était de toute prudence de ne pas les leur faire connaître inutilement, afin de les mettre dans l'impossibilité d'en donner un jour ou l'autre communication au roi du Portugal. Après trois semaines d'une traversée que le vent et les flots favorisèrent d'une manière constante, on put espérer voir bientôt apparaître des terres nouvelles ; près de quatre cents lieues avaient été déjà parcourues à l'Occident de *Gommerre*, et le Génois avait en vain cherché la *mer d'herbes* rencontrée au premier voyage, lorsqu'une hirondelle semblant venir des côtes, se mit à voltiger autour des vaisseaux, causant à tous une agréable surprise. Dans la nuit du samedi, par une pluie torrentielle et au milieu des éclats de la foudre, les matelots purent admirer *le feu de Saint-Elme,* phénomène électrique qui entourait les mâts de sept flammes, et sur le compte duquel les marins des temps modernes ont fait maintes légendes. Comme ceux du Moyen Age, les compagnons de Colomb affirmèrent y voir l'âme même du Saint, et se mirent à réciter des litanies en son honneur, à chanter des cantiques d'actions de grâces, tenant pour certain que cette apparition était pour eux le présage d'une traversée sans périls. Le 2 novembre, Christophe prédit pour le lendemain la découverte d'une île, tellement assuré de la réalisation de sa prophétie, que le soir il ordonna de carguer presque toutes les voiles, de préparer les armes en cas de besoin et de faire partout bonne garde. En effet, dès l'aube du dimanche 3 novembre, on aperçut une terre haute et montagneuse, à laquelle le navigateur donna le nom de *la Dominique,* en souvenir du jour du Seigneur appelé en langue latine *Dies Dominica;* bientôt après, on vit une autre île au Nord-Est de la première, puis deux autres, plus au Nord.

Pénétré d'une profonde gratitude pour la Céleste Protectrice qui daignait encourager ainsi ses efforts, l'Envoyé de Dieu rassembla tout son équipage à la poupe de son vaisseau, et après l'avoir exhorté à une vive reconnaissance envers la Vierge Marie, il entonna le *Salve* que toutes les voix achevèrent. Puis, ne trouvant pas de mouillage convenable sur les côtes de *la Dominique,* il poussa jusqu'à une seconde île qu'il baptisa du nom même de son propre vaisseau, *Gracieuse-Marie* ou *Marie Galante,* et dont il prit possession en faveur des Rois catholiques, avec le cérémonial adopté au cours de la précédente expédition.

Le lundi, 4 novembre, une troisième île beaucoup plus spacieuse que les deux autres, se montra à l'horizon ; c'était le pays des Cannibales ou Caraïbes dont, par une sorte d'intuition providentielle, Colomb avait pressenti les mœurs sans les connaître. Pour répondre à la prière des moines espagnols qui lui avaient demandé de donner le nom de leur monastère à l'une des terres nouvellement découvertes, Christophe décerna celui de *Sainte-Marie de la Guadeloupe* à cette île que l'on apercevait de trois lieues en mer, à côté d'un pic très élevé d'où jaillissait une source dont les eaux tombaient avec un tel fracas, que le bruit en arrivait jusqu'aux navires. Les cascades écumeuses formées par ce torrent imitaient si bien l'aspect des rochers accidentés, que quelques-uns des matelots s'obstinèrent à ne vouloir y reconnaître qu'un groupe de roches blanches où il serait dangereux de s'aventurer. Loin de partager cette erreur, Christophe chargea plusieurs de ses hommes d'aller visiter la petite bourgade qui s'étendait sur le rivage. Les marins n'y trouvèrent personne, tous ceux qui l'habitaient ayant fui à leur approche, excepté un tout jeune enfant au bras duquel les Castillans attachèrent des bracelets de verre, pour rassurer les indigènes sur leurs intentions. Le sol témoignait d'une certaine fécondité ; on y voyait une foule de végétaux étrangers à notre pays, et beaucoup de fruits suaves, notamment l'ananas, sorte de pomme de pin, née d'une plante dont la tige rappelle celle du lis ou de l'aloës, et dont la pulpe est d'un goût exquis. Des oies semblables aux nôtres, des perroquets au plumage mélangé de bleu, de vert, de blanc et de rouge, gros comme des coqs ordinaires, étaient les seuls animaux de ces parages, tandis que l'intérieur des cases était rempli de hamacs, d'arcs, de flèches et d'une multitude d'autres objets. Après avoir parcouru les terres sans y rencontrer une seule créature humaine, les Espagnols revinrent vers leur chef dont ils avaient scrupuleusement observé la recommandation de ne toucher à rien de ce qui appartenait aux insulaires.

Le lendemain, ils tentèrent une nouvelle excursion et ramenèrent avec eux six femmes et deux jeunes gens, lesquels donnaient à entendre qu'ils n'étaient pas originaires de ce pays, mais qu'ils avaient été enlevés d'une terre voisine, pour servir de nourriture à ces anthropophages qui avaient coutume de rôtir et de manger tous les captifs mâles et de réduire les autres au plus terrible esclavage. Christophe, désireux de gagner la confiance des Caraïbes, combla leurs prisonniers de présents, et contre leur gré les fit reconduire à terre ; mais ce bon procédé ne les décida point à quitter leur retraite ; et les embarcations qui firent le lendemain sur les côtes provision d'eau et de bois, n'eurent qu'à donner asile aux pauvres infortunés qui préféraient l'inconnu à l'épouvantable sort dont ils se savaient menacés. La flotte allait reprendre sa route, lorsqu'on s'aperçut de la disparition du capitaine *Marco* qui, sans aucune autorisation de Christophe, était descendu sur le vivage avec huit de ses hommes. Ne voulant ni abandonner aucun des siens, ni laisser en arrière un de ses navires qui risquerait de ne pouvoir ensuite rejoindre les autres, (rapporte Fernand Colomb), le Génois résolut de rester encore un jour au mouillage. Pendant toute la journée du lendemain, des matelots explorèrent le pays, tirant de temps en temps quelques coups d'arquebuse comme signal, mais ils durent le soir retourner à bord sans avoir retrouvé leurs camarades. Christophe, qui s'était attardé et qui pouvait arguer que ses hommes s'étaient perdus par infraction à la discipline, feignit de mettre à la voile; mais cédant aux prières des uns et des autres, il consentit de nouveau à différer son départ, ordonnant que le temps fût employé à faire de l'eau, du bois, et à laver le linge et les hardes de l'équipage. Il envoya à terre le commandant *Ogieda*, accompagné de quarante hommes qui avaient ordre non seulement de rechercher les matelots égarés, mais encore d'explorer l'île en tous sens et de se rendre compte de ses productions. Ce fut ainsi que ceux-ci trouvèrent des arbres à mastic, des aloës, du sandal, de l'encens, des arbres à canelle et des cotonniers; ils remarquèrent également des tourterelles, des perdrix, des oies, des rossi-

Monument de Christophe Colomb à Barcelone.

gnols et maints oiseaux du genre des nôtres. Enfin ils prétendirent avoir été obligés de franchir vingt-six cours d'eau, rien que pour faire cinq à six lieues.

Or, pendant que la petite troupe s'évertuait en vain à la recherche des absents, ceux-ci revinrent d'eux-mêmes aux vaisseaux le vendredi 28 novembre, alléguant pour toute raison, que l'épaisseur des fourrés les avait mis dans l'impossibilité de retrouver leur chemin. Christophe, pour faire un exemple, ordonna que le capitaine fût mis aux fers, et déclara que ses hommes seraient privés d'une part de la ration habituelle.

Colomb avait employé ce retard à visiter lui-même la bourgade, composée d'une trentaine de maisons en bois, de forme ronde, et couvertes de feuilles de palmier. Sur la place se dressaient deux espèces d'arbres ou poteaux autour desquels deux serpents morts étaient enlacés. Partout il rencontra des traces de la férocité des habitants; des têtes encore moites de sang et des membres humains étaient suspendus dans les cases comme des quartiers de boucherie; d'autres cuisaient dans des marmites, tandis que le sol était jonché d'ossements. Horriblement impressionné par les mœurs barbares de cette nation guerrière, Colomb aurait ardemment désiré la civiliser, mais il dut renoncer à l'espoir d'entamer la moindre négociation avec ce peuple sauvage, et d'un autre côté, il lui tardait d'être rassuré sur le sort des Espagnols qu'il avait laissés à *Taïti*. Il ordonna donc à l'escadre de prendre le large, le dimanche 10 novembre, et bientôt il reconnut une île que sa ressemblance avec le *Mont Serrat* d'Espagne (montagne dont les pics très escarpés paraissent dentelés comme une scie), lui fit appeler de ce nom. Une seconde terre prit celui de *Sainte Marie-la-Ronde*, à cause de sa forme arrondie ; et une troisième, aujourd'hui *Antigoa*, fut alors baptisée *Sainte Marie d'Antigue*. A partir de là, en continuant de cingler vers le Nord-Ouest, la flotte aperçut beaucoup d'autres îles, et s'arrêta en vue de l'une d'elles que Christophe plaça sous le vocable de *Saint-Martin*. Au mouillage, les marins remarquèrent que les ancres relevées rapportaient du fond de l'eau des branches de magnifique corail, et manifestèrent le désir de rechercher si la terre ne leur offrirait pas de précieux trésors ; mais la réalisation de ce vœu aurait occasionné trop de retard, et les vaisseaux reprirent leur marche vers l'île de *Sainte-Croix* où ils abordèrent le jeudi, 14 novembre. Là se passa une scène étrange, qu'un contemporain du héros, *Pierre Martyr*, raconte à peu près en ces termes :

« Christophe, dit-il, commanda que trente hommes de son navire descendissent à terre pour explorer l'île ; à peine avaient-ils mis le pied sur le rivage, que des hommes et des femmes vinrent au-devant d'eux en leur tendant les bras comme pour leur demander aide et délivrance. Voyant cela, les Cannibales s'enfuirent vers les forêts, et nos gens purent librement visiter leur pays. Sur ces entrefaites, ceux qui étaient restés à bord virent s'approcher un canot où avaient pris place huit hommes et huit femmes qui commencèrent à les transpercer très légèrement et très cruellement de leurs flèches, avant qu'ils aient eu le temps de se couvrir de leur bouclier. Ces sauvages étaient armés de sagettes empoisonnées, ayant le venin au fer, et obéissaient en inclinant la tête à une sorte de reine dont le regard exprimait la férocité du lion. Les marins, estimant qu'il valait mieux combattre corps à corps, que de s'exposer à des traits aussi perfides, s'élancèrent sur leurs ennemis, et à force d'avirons, parvinrent à faire chavirer leur embarcation. Ils les prirent pendant qu'ils nageaient, quoique l'un d'entre eux, en se soutenant sur l'eau, ne laissât pas d'envoyer ses flèches avec autant d'adresse que s'il eût été sur terre. »

Colomb reprit sa navigation vers le Nord, au milieu d'îles *plaisantes et innombrables*, couvertes de forêts que dominaient des montagnes de toutes couleurs. La plus grande reçut le nom de *Sainte-Ursule,* et l'archipel tout entier celui *des Onze mille vierges.* Bientôt apparut l'*île Saint Jean-Baptiste*, infestée de Caraïbes, mais soigneusement cultivée et vraiment superbe avec ses bois immenses. Les chrétiens y étant descendus, y trouvèrent des cabines fort bien installées, faites de grands roseaux entre-croisés, avec des toits bordés de verdure, comme on en voit aux alentours de Valence, et au-dessus desquels se trouvaient, du côté de la mer, des terrasses pouvant recevoir dix ou douze personnes. Le naturel de ces insulaires était doux, affable, hospitalier et généreux ; leur religion consistait dans la foi à un esprit bon et à un esprit mauvais auxquels ils attribuaient le bien et le mal qui leur arrivaient. Le vol était le délit qu'ils punissaient avec le plus de rigueur; et ils faisaient de la danse leur principal amusement. Leur gouvernement était une sorte de monarchie héréditaire; et leur grande occupation était l'agriculture; aussi leur sol était-il couvert de riches productions : du maïs, des patates, des bananes, des ignames, etc. Le soin de les cultiver était exclusivement dévolu aux femmes, les hommes se réservant celui de la chasse et de la pêche.

Après avoir quitté ces rives, l'escadre longea pendant une cinquantaine de lieues la côte de *Porto-Rico;* et elle atteignit enfin l'*île d'Hispaniola,* le 22 novembre, encore un vendredi.

CHAPITRE XVII

Retour dans l'île Espagnole.

La manière dont Christophe Colomb avait effectué le voyage, n'avait pas été sans frapper tous les officiers de l'équipage d'un muet étonnement, car il leur avait fait suivre sans encombre une route tout à fait nouvelle, ce que le médecin en chef, le savant *Chanca*, certifiait plus tard en ces termes à la municipalité de Séville : *Avec la grâce de Dieu et la science de Christophe, bien que nul ne connût ces parages, on y arriva par une voie aussi directe et aussi sûre, que si l'on eût suivi un chemin frayé.* Le Génois aborda l'île espagnole par la côte septentrionale d'où il envoya vers *Samana*, un des Indiens qui l'avaient suivi, et qui, originaire de ce pays et sincèrement converti à la foi catholique, s'était offert de persuader à ses compatriotes qu'ils devaient vivre en paix avec les chrétiens, écouter leurs conseils et les servir fidèlement.

On se figure de quelles émotions était agitée l'âme du

héros revenu sur le théâtre de ses premiers exploits ; en effet, il tardait à Christophe, partagé entre la crainte et l'espérance, de connaître les moindres événements accomplis pendant son absence, et il n'eut pas de repos qu'il n'eût doublé le *cap des Anges* où quelques insulaires vinrent le saluer et lui proposer l'échange de ses marchandises. Plusieurs chaloupes prirent terre un peu plus loin au port du *Mont-du-Christ;* mais les hommes qui les montaient ne purent se défendre d'un funeste pressentiment, lorsqu'ils se trouvèrent en présence de deux cadavres putréfiés, portant encore au cou la corde de *sparte* (herbe particulière à l'île) qui avait servi à les étrangler; la position même de ces corps, leurs mains liées, leurs bras étendus sur un bois en forme de croix, suffisait d'ailleurs pour faire supposer qu'ils avaient dû appartenir à des chrétiens. Cette nouvelle causa au navigateur la plus douloureuse inquiétude ; torturé par un doute aussi cruel que pouvait l'être une triste réalité, il fit voile vers le port où il avait construit le fort devant servir d'asile aux Castillans. D'épaisses ténèbres environnaient la rade lorsqu'il jeta l'ancre ; toutefois, il ne voulut pas attendre le jour pour s'assurer du sort de sa petite colonie, et au milieu du silence de la nuit, une salve d'artillerie annonça son retour. Les échos de l'Océan répétèrent seuls le joyeux salut de l'Europe au Nouveau-Monde; le canon de la forteresse demeura muet, et ce fut seulement à l'aurore, que l'équipage vit s'avancer un canot dont les gens demandèrent à parler au vice-roi. Celui-ci se trouvant dans sa cabine, on les pria de monter à bord, ce à quoi ils ne voulurent pas consentir avant d'avoir acquis de leurs propres yeux la preuve de la présence du chef. Colomb dut se présenter à leurs regards, et ce fut seulement alors, que deux indigènes l'abordèrent et lui remirent une image d'or, comme signe de la bienveillance que sollicitait de lui le Cacique. Aux questions qui leur furent posées concernant les Espagnols, ils répondirent que les uns étaient morts de maladies différentes, et que les autres avaient quitté la contrée. Un profond chagrin envahit l'âme du Gênois à ce récit; mais, malgré les soupçons qu'il conçut quant à sa réelle exactitude, il prit le parti de la dissimulation, et les Américains furent renvoyés chargés de présents. L'ambassadeur de Dieu fit ensuite rame vers la terre où il trouva le fortin brûlé, les palissades arrachées et le sol jonché de débris d'armes et d'instruments. Le petit nombre de naturels que l'on apercevait de loin au bord des forêts, semblaient hésiter à s'approcher, comme s'ils eussent été retenus par le sentiment d'un remords ou par la crainte d'une vengeance. Christophe fit déblayer l'ouverture d'un puits dans lequel il avait recommandé aux officiers de jeter, en cas de danger, l'or et tout ce que la garnison possédait de précieux, mais ces fouilles n'amenèrent aucun résultat. Cependant, en continuant activement les recherches, on finit par découvrir onze cadavres qui portaient sur eux les traces d'un sauvage assassinat, et dont les vêtements rappelaient ceux des chrétiens.

Exaspérés, les Espagnols ne songeaient qu'à venger

sans retard le meurtre des leurs; mais Christophe redoutait qu'une justice trop hâtive ne vint à frapper quelques innocents, et il voulut auparavant apprendre toute la vérité. Interrogé sur ce qui s'était passé, le père de *Guacanagari* lui fit un rapport détaillé de tous les faits et des causes qui avaient amené l'extermination des étrangers établis dans l'île. Selon lui, Christophe s'était à peine éloigné, que tous s'étaient révoltés contre leur chef; la discipline était trop pesante à ces aventuriers qui avaient quitté leur patrie bien plutôt par force que de bon gré, et la soif de l'or leur avait fait commettre les plus déplorables excès envers les pauvres insulaires, qu'ils avaient dépouillés de leurs biens, au mépris de toute justice. La défense de se livrer au moindre commerce avant l'arrivée des caravelles, n'avait pas été plus respectée, et l'officier chargé du commandement, *Diégo de Arana*, s'était épuisé en vains efforts pour faire rentrer les rebelles dans la ligne du devoir; aucun d'entre eux n'avait voulu écouter ni ses avertissements, ni ses menaces; et tous refusant de lui être soumis, avaient exercé dans toute la région un infâme brigandage, massacrant les Indiens, incendiant leurs cases, et poussant la violence jusqu'à leur arracher leurs femmes et leurs filles. *Guacanagari* néanmoins attendait avec patience que le retour de Christophe vint mettre un terme à un si affreux désordre, lorsque deux chefs castillans, *Escovédo et Guttierez*, envahirent les états du Cacique de *Cibao* qui régnait sur les mines d'or et exaspérèrent ce prince par leur indigne conduite. Après avoir fait mettre à mort les deux capitaines, *Caunabo* résolut d'exterminer jusqu'au dernier de leurs compagnons ; dans ce but, il vint à la tête d'une puissante armée assiéger la forteresse que défendait *Diégo d'Arana*, et n'ayant pu l'emporter d'assaut quoique la garnison fût réduite à dix hommes, il y mit le feu pendant la nuit, et cela avec tant de fureur et dans un si grand nombre d'endroits, qu'il fut impossible de l'éteindre. Saisis d'épouvante, les assiégés n'eurent d'autre ressource que celle de s'élancer vers la mer ; mais trois furent tués pendant leur fuite, tandis que les sept autres trouvèrent la mort dans les flots.

C'en était fait du rêve plein de confiance qu'avait formé l'élu de Dieu ! Ses compagnons n'avaient semé que la tyrannie et le deuil là où sa pieuse charité n'avait voulu apporter que la vertu et la vie ; il ne lui restait plus qu'à gémir sur les crimes qui avaient ensanglanté la trace de ses premiers pas, et à déplorer les malheurs des pauvres indigènes. Aussi, loin d'écouter les murmures indignés de ses hommes qui l'excitaient à la violence, il chercha au contraire à leur représenter qu'on ne pouvait s'établir de nouveau dans l'île sans le consentement des principaux princes, ou qu'il fallait alors s'attendre à des guerres sanglantes dont le succès était bien incertain ; que mieux valait s'attacher à regagner la confiance et l'affection des insulaires ; et que, lorsque l'on serait sûrement fortifié, il serait encore temps d'établir les responsabilités et de sévir contre les coupables. Cette prudente politique emporta tous les suffrages, et Christophe se rendit sans aucune difficulté auprès du

Cacique qui, se disant malade, avait sollicité l'honneur
de sa visite. L'entrevue fut empreinte de part et d'autre
d'une bienveillante cordialité. Après avoir assuré Colomb
de sa constante amitié, le chef des Indiens lui offrit huit
ceintures magnifiques, ornées de pierres blanches, vertes
et rouges ; une autre garnie d'or, une couronne royale
et cent plaques du même métal, huit cents petites
coquilles fort estimées dans le pays sous le nom de
cibas et trois *calebasses* ou corbeilles remplies des grains
les plus précieux. En échange, le Génois lui prodigua
les bagatelles espagnoles : des vases de verre, des
ciseaux, des couteaux, des épingles et de petits miroirs
qui furent acceptés comme des richesses d'une valeur
inestimable. Mais *Guacanagari* se refusa énergiquement
à porter la médaille de la Sainte Vierge que Colomb
voulait suspendre à son cou ; scandalisé, en effet, par
les excès des Castillans, prévenu contre leur culte par
leur manière d'agir, ne sachant pas que le vol et la
rapine leur étaient aussi défendus que la probité était
naturelle aux enfants d'Haïti, ce ne fut que plus tard
qu'il se décida à porter le signe chrétien.

Quelques jours après, le Cacique se rendit à bord de
la gracieuse Marie où les plus grands honneurs lui
furent rendus. La vue des chevaux andalous auxquels
on fit faire le manège devant lui, le transporta d'admiration ; celle des chèvres, des ânes et des moutons, le
rendit également muet de surprise ; mais son étonnement ne l'empêcha pas de tromper la bonne foi de
Christophe, et de s'entretenir par signes avec les jeunes

Indiennes recueillies par les marins à leur passage dans le pays des Caraïbes. La plus belle d'entre elles, *Catalina*, sut particulièrement s'en faire comprendre, et sans que personne pût le prévoir, elle convint avec lui d'un habile plan d'évasion. La nuit suivante, elle se laissa glisser avec ses compagnes le long des flancs du navire, et nagea rapidement vers le rivage où un feu avait été allumé en signe de ralliement. L'alarme fut immédiatement donnée, mais les chaloupes lancées à la poursuite des fugitives n'en ramenèrent que quatre; les autres se perdirent avec leur ravisseur dans d'épaisses forêts où il fut impossible de les rejoindre.

Cette désertion en masse fut un triomphe pour le *Père Boïl* qui, en sa qualité de diplomate, n'avait voulu voir dans l'attitude du Cacique, qu'une comédie habilement jouée, et qui avait inutilement proposé à Colomb de faire mettre aux fers celui qu'il regardait comme un traître. D'après lui, ce dernier s'entendait secrètement avec le cruel *Caonabo,* mais Christophe, moins soupçonneux et plus bienveillant, ne se déclara pas convaincu. Cette divergence augmenta l'irritation du vicaire apostolique qui fit au Génois des reproches et des allusions dont la forme polie déguisait mal l'amertume. Désormais, dans le camp des Espagnols, il y eut deux partis : celui de la prudence, de la discipline et d'un zèle bien entendu dont Christophe était le chef, et celui de la révolte, des sourdes menées, de la jalousie contre le fils du cardeur de laines ; parti de désordre et d'intrigues que le religieux soutenait de ses faveurs et de ses sympathies.

Cependant, malgré ces dissentiments et l'insuccès de sa première tentative, Colomb résolut de fonder une seconde colonie, après avoir réfléchi à tous les moyens qui devaient assurer une forme plus solide à ce nouvel établissement. De prime abord, il songea à rebâtir la forteresse sur son ancien emplacement; mais il craignit ensuite que les eaux dormantes de la région n'en rendissent l'air fort malsain; d'un autre côté, la perte de son vaisseau, les crimes de ses compatriotes, le massacre de ses gens, en un mot, le souvenir de toutes les épreuves qu'il avait subies sur ces rives, lui en rendait la vue excessivement pénible, et il préféra s'avancer un peu plus à l'Est.

Le 7 décembre, il fit mettre à la voile, et le même soir, l'ancre était jetée à une petite distance du *Mont-du-Christ*. Le lendemain, toujours en restant dans les alentours de cette montagne, la flotte poussa jusqu'à un groupe de sept îles basses qui, bien que n'ayant pas de très grands arbres, ne laissaient pas cependant d'être charmantes, puisque, en plein hiver, on y voyait des fleurs, des nids d'oiseaux, les uns avec des œufs, les autres avec des petits, enfin tout ce qui dans nos pays caractérise la saison d'été. Malgré le peu de durée de la traversée, l'escadre fut surprise par une de ces tempêtes auxquelles les Français ont donné depuis le nom de *Nords,* parce qu'elles viennent de ce point; et tous les vaisseaux auraient été jetés infailliblement à la côte, si quelques instants de lumière ne leur avaient permis d'apercevoir, deux lieues au-dessous de *Monte-Christo,*

une rivière qui leur offrit une retraite. Quoiqu'elle n'eût
pas plus de cent pieds de large, elle formait un port
assez commode, au pied d'un immense rocher. Un peu
plus loin, à trois portées d'arbalète, coulait un très beau
fleuve dont il paraissait facile de détourner les eaux, afin
de les amener au moyen de canaux au centre même de
la cité que l'on voulait édifier. Les terres étaient fertiles; la pierre pour bâtir et pour faire de la chaux,
assez commune; aussi, de l'avis unanime, la situation
fut-elle jugée excellente et des plus convenables pour y
construire une forteresse.

Christophe fit alors opérer le débarquement non seulement de tout l'équipage, mais encore des vivres et des
outils dont on s'était muni en vue des travaux d'établissement, et il décida que, sans retard, toute le monde
allait se mettre à l'œuvre. Cet ordre, qui n'admettait
pas d'autre exception que la maladie, fut pour l'envoyé
de Dieu la source de graves difficultés que son indomptable énergie devait seule surmonter. En effet, les grands
seigneurs espagnols se révoltèrent contre ce décret qui
obligeait tous les hommes, sans distinction et sans privilège, à se prêter aux plus rudes travaux et à recevoir
pour toute subsistance, une quotidienne ration de blé.
Cependant le Génois avait fait preuve des plus admi-
rables sentiments de justice, en ne faisant pas uniquement peser sur les épaules des pauvres ouvriers une
aussi laborieuse besogne; mais l'orgueil castillan se
refusa à le reconnaître. Portés déjà par leur indolente
nature à une déplorable oisiveté, ces gentilshommes

soumis à la température accablante du climat, ne s'en déclarèrent que plus incapables de se livrer au moindre labeur ; de plus, n'ayant pris part à l'expédition que dans des vues ambitieuses ou cupides, ils avaient cru trouver la fortune et la gloire en menant une existence des plus commodes, et ils ne surent qu'éclater en murmures contre l'autorité qui les arrachait si brusquement à leurs rêves, tout en s'obstinant à ne pas s'acquitter de leur tâche. Colomb fut inflexible; il diminua la ration des rebelles et des paresseux, et fit publier sur tous les navires, que les vivres ne seraient accordés qu'en proportion de la bonne volonté et du courage. Le vicaire apostolique, blessé dans sa fierté nationale, de voir le fils d'un cardeur de laines exercer une aussi humiliante rigueur contre les nobles hidalgos, censura publiquement la mesure qu'il avait prise, et plaignit hautement le sort réservé selon lui aux prétendus coupables. Forts de cette désapprobation, les révoltés formèrent le projet audacieux d'enlever quelques bâtiments et de reprendre au plus vite la route de l'Espagne ; mais le complot fut déjoué dès sa naissance par la seule force morale du Génois. Celui qui en était le chef, *Bernard Diaz*, contrôleur royal, fut mis aux fers avant d'être renvoyé en Castille avec les informations et les preuves de sa faute, et ses principaux complices furent relégués à bord des vaisseaux en rade, en attendant le jugement qui devait les punir de leur insubordination.

Mais soit que les provisions n'eussent pas été assez ménagées, soit que les envieux commissionnaires de

Séville eussent à dessein poussé la perfidie jusqu'à ne
livrer à l'escadre que des marchandises avariées, les
ressources dont on pouvait disposer pour l'alimentation
des hommes furent bientôt constatées insuffisantes, et
jusqu'au moment où l'on put recueillir la moisson du
blé semé à l'arrivée, il fallut apporter une certaine parcimonie à la distribution des vivres ; dans le même
temps, les fatigues prolongées, la différence du climat,
et surtout la chaleur torride de ces parages, engendrèrent
à bord de nombreuses maladies. Christophe, qui s'était
en tout astreint aux règles communes, fut un des premiers frappé, et pendant de longs jours, il demeura
seul dans sa cabine, en proie aux plus cruelles souffrances, condamné à l'inaction du corps pendant l'incessant travail de sa pensée, torturé par les rivalités, les
séditions, les divisions, les sourdes menées des jaloux
et des mécontents ; mais ses épreuves ne l'empêchèrent
pas de donner constamment ses ordres et d'en assurer
l'exécution. A l'exception des édifices publics qui furent
bâtis de pierre, les autres habitations furent faites de
terre et de bois, couvertes de paille et de feuilles de palmier, et la première ville espagnole fut ainsi rapidement
construite. En reconnaissance du bienveillant intérêt
que lui avait toujours témoigné la reine de Castille,
Colomb donna à la nouvelle cité le nom d'*Isabelle;*
puis, le jour de l'Épiphanie, en présence de tous les
équipages et d'un grand nombre d'insulaires, treize
prêtres bénirent solennellement l'église, que l'Élu de
Dieu avait fait ériger avec le plus grand soin. Pour la

première fois, les saints Mystères étaient célébrés sur la terre idolâtre du Nouveau-Monde; Marie, l'*Étoile des Mers*, avait fidèlement guidé les porteurs de *la Bonne Nouvelle*, et le Sauveur des hommes se manifestait aux pauvres sauvages, avec le même amour qu'il s'était manifesté jadis aux rois de l'Orient.

CHAPITRE XVIII

Découverte des mines aurifères.

La ville *Isabelle* n'était pas encore achevée, que Colomb songea aux moyens d'envoyer aux souverains d'Espagne des nouvelles de l'expédition. Chargés de l'or recueilli dans l'île, des différentes productions du sol et des présents offerts par *Cuanaguari*, douze navires mirent à la voile le 2 février 1494 sous la conduite d'Antoine de Torres, homme de grande valeur que leurs Majestés tenaient en haute considération. Ce fut à lui que Christophe confia les lettres dans lesquelles il rendait compte à leurs Altesses de tout ce qu'il avait fait depuis son nouveau départ de Palos.

Cependant, les naturels parlaient sans cesse des mines d'or situées dans la province de *Cibao,* et la description des innombrables richesses de ces parages excitaient au plus haut point la convoitise des Espagnols. Christophe chargea une quinzaine de ses hommes d'aller explorer ce pays dont on racontait tant de merveilles. *Alphonse d'Ogéda*, choisi pour les diriger dans leurs recherches, était connu de tous par son adresse autant que par sa force et son courage ; à la tête de sa petite troupe, il s'avança bravement vers le midi. Après dix jours de marche, il atteignit le pays des mines, chaque pas lui faisant découvrir une nouvelle apparence d'importante trouvailles ; partout, les Américains qui lui servaient de guides, ramassaient à ses pieds des paillettes et des grains d'or ; le lit des rivières en paraissait rempli ; il put donc en conclure que l'or en effet abondait dans ces régions, et il regarda comme étant de toute prudence et de toute utilité, d'aller porter sans retard à la colonie une aussi agréable nouvelle. Son récit et les preuves qu'il en fit briller aux yeux des Castillans, ranimèrent ces hommes que la maladie, l'exil et la faim commençaient à réduire au désespoir, et Christophe ravi résolut d'aller à son tour visiter ces parages.

A peine entré en convalescence, le Gênois se mit en marche le 12 mars, après avoir mis ordre à toutes les affaires de la flotte et de la cité dont il laissa le commandement à son frère *Diégo Colomb*. Pour inspirer une épouvantable crainte aux naturels et pour leur montrer en même temps tous les avantages d'une armée européenne, il avait non seulement eu soin d'emmener avec lui tous ceux qu'il avait pu distraire de la garde de sa colonie, mais encore il avait voulu que chacun fût revêtu de ses plus beaux habits, muni de tous ses moyens de défense, et que tous s'avançassent en rangs serrés, bannières déployées, au bruit des tambours et au son des trompettes.

Le vendredi 14 mars, la petite armée atteignit un village d'une assez grande importance, et la cavalerie se livra à différentes manœuvres qui jetèrent les Indiens dans une véritable stupéfaction. N'ayant jamais vu de chevaux, ils crurent que cavalier et coursier ne faisaient qu'un seul et même être, et à l'approche de ce qu'ils regardaient comme des monstres moitié hommes et moitié animaux, tous se réfugièrent dans leurs huttes en barrant simplement les portes avec des roseaux. Grâce à la terreur qu'ils inspiraient, les Espagnols auraient voulu subjuguer et dévaliser cette douce et pacifique population ; mais Christophe s'opposa avec la plus grande énergie à l'exécution de tels desseins, car il ne désirait qu'apporter à ces pauvres indigènes les bienfaits de la Civilisation et de la Foi, et non pas le despotisme, la cruauté et la rapine.

Le dimanche, 16 mars, les Espagnols firent leur entrée dans le pays de *Cibao,* ainsi nommé de la nature même de son terroir composé de montagnes remplies de pierres et de cailloux appelés *cibas* en langue indienne. La contrée leur apparut de prime abord, âpre, rocheuse, couverte d'herbes sauvages ; mais bientôt ils s'aperçurent que l'air y était doux et fort sain. En continuant de s'avancer, le pays leur sembla plus agréable ; le bord des eaux était planté de pins d'une hauteur prodigieuse qui, sans être fort près les uns des autres, présentaient dans l'éloignement l'aspect de grandes et belles forêts ;

les plaines se trouvaient traversées par de nombreux cours d'eau, roulant des parcelles d'or ; et partout l'on constatait la présence d'immenses carrières d'ambre et d'azur. La région paraissait aussi riche d'aromates et d'épices que de précieux métaux, et Christophe, émerveillé, crut avoir rencontré le célèbre pays d'*Ophir* dont il est parlé au Livre des Rois. Encouragé par l'accueil des indigènes qui venaient au-devant de lui pour lui offrir des aliments et des grains d'or, il résolut d'y établir sans retard une petite colonie. Par les soins de *Pierre de Margarita,* homme très intelligent en qui Colomb avait toute confiance, un fort, fait de pierres et de bois, s'éleva bientôt sur un coteau magnifique, près de la rive d'un fleuve aurifère, entouré d'un large fossé, et édifié de telle sorte, qu'en cas échéant il pût résister à de dangereuses attaques. Christophe lui donna le nom de *Château de Saint-Thomas,* voulant par là railler l'incrédulité de ceux qui n'avaient cru à l'existence des mines, qu'après les avoir vues de leurs propres yeux.

Après avoir confié le gouvernement de la forteresse à *Pierre de Margarita,* Christophe redoutant pour *Isabelle* les conséquences fâcheuses d'une absence trop prolongée, se décida à en reprendre le chemin vers le commencement de mars. D'abondantes pluies contrarièrent son retour, et l'obligèrent à camper plusieurs fois dans les villages des Américains, parmi lesquels se répandirent bientôt le respect et l'amour de son nom. Charmés par sa bienveillance, les naturels s'empressèrent partout de mettre à sa disposition tout ce qu'ils possédaient, le suppliant d'échanger leurs trésors contre des perles de verre et des grelots dont le son argentin les excitait à la danse.

En approchant de sa colonie, Christophe put constater la prodigieuse fertilité de son sol ; des melons qui avaient été semés moins de deux mois auparavant étaient déjà bons à manger ; et une vigne sauvage, taillée dans le même temps, montrait déjà des grappes bien fournies. On coupait les épis du froment semé en janvier et l'on pouvait cueillir des pois chiches plantés à cette époque. Il n'était d'ailleurs aucune graine qui, mise en terre, n'eût germé au bout de trois jours, et le même temps avait suffi au développement de la canne à sucre.

Malheureusement, un spectacle plus attristant attendait Christophe dans l'intérieur de la ville. Abusant de leur force et du caractère superstitieux et craintif des Indiens, les Espagnols avaient exercé un impitoyable despotisme sur cette nation aussi douce que soumise, et Christophe dut sévir avec énergie contre les désordres, les cruautés et les vices de cette effroyable tyrannie. D'un autre côté, les épidémies si fréquentes dans ces régions, avaient décimé les hommes de l'équipage, et il n'en restait pas un seul qui ne regrettât d'avoir sacrifié son bonheur, sa patrie et sa santé pour venir mourir sous un ciel étranger. Mais ces sourdes rumeurs ne pouvaient intimider le héros que tant d'épreuves déjà subies avaient doté d'une rare prudence et d'une force d'âme vraiment surprenante. Cette fois encore, il sut apaiser le tumulte, pacifier les esprits et rétablir partout la tranquillité, l'ordre et la paix ; grâce à sa fermeté, tous les abus furent bientôt réprimés. Comme la farine manquait, il ordonna la construction immédiate de moulins destinés à conjurer le péril d'une épouvantable disette ; de nouveau, les gentilshommes furent assujettis comme les autres à ce laborieux travail ; aussi, en dépit des récriminations et des murmures, tout danger de famine eût-il bientôt disparu. Dans le même temps, l'Envoyé de Dieu s'occupait d'assurer la salubrité de la ville, car les habitants ne souffraient pas moins de la subtilité de l'air que du manque de vivres ; il y traça des rues avec une place centrale ; puis comme la rivière était trop éloignée pour fournir l'eau nécessaire aux besoins de chaque jour, il fit le plan d'une écluse qui non seulement permettait d'amener celle-ci dans la cité au moyen d'un canal, mais encore pouvait fournir aux moulins récemment construits, la force indispensable à leur mise en mouvement.

Mais il tardait à Colomb d'exécuter les ordres de leurs Majestés catholiques qui lui avaient particulièrement recommandé d'étendre leur domaine et leur gloire par de nouvelles découvertes. Cette entreprise demandant une longue absence, Christophe établit dans la colonie un conseil ou tribunal composé *du P. Boïl, de Pero Fernandez Corroel, d'Alphonse Sanchez de Carvajal et de Jean de Luxan* et dont la présidence restait dévolue à *Diégo*, son frère ; puis, leur ayant donné toutes ses instructions et tous ses ordres, il reprit la mer le 24 avril, afin de compléter le cycle de ses merveilleuses conquêtes.

CHAPITRE XIX

Luttes et épreuves de la seconde traversée.

La petite flotte se composait de trois bâtiments parmi lesquels on remarquait *la Nina* que Christophe avait fait reconstruire, et à laquelle sa dévotion envers saint François d'Assise avait donné le nom de la première Fille de l'Ordre Séraphique : *Sancta Clara* ou *Sainte Claire.* Il y arbora son pavillon, et accompagné du P. Juan Pérez, qui avait voulu suivre son ami dans les dangers de sa seconde expédition, il navigua vers l'Ouest, se dirigeant vers *Cuba,* afin de savoir d'une manière certaine si ce pays qu'il n'avait fait qu'entrevoir devait être considéré comme une île ou comme un continent. Pour se rendre dans ces parages, le Génois dut parcourir de nouveau des lieux qu'il avait déjà traversés, et ce fut ainsi qu'il se rapprocha des terres de *Guaganagari,* où il espérait trouver l'énigme de la singulière et blessante conduite du grand Cacique. Mais son attente fut déçue ;

à l'approche des Européens, tous les sujets de ce dernier s'enfuirent vers les forêts, se soustrayant par là à une explication sur la trahison de leur chef que l'on put regarder désormais comme un homme pervers et un allié déloyal.

Le samedi, 3 mai, Christophe gagna la grande île de *la Jamaïque* dont les sommets apparaissaient au loin se perdant dans les nues, et qui lui avait été signalée comme le pays le plus riche en métaux précieux. A peine arrivé devant un port favorable au débarquement, le héros envoya quelques chaloupes montées par des marins et des soldats pour explorer la nouvelle terre ; mais ces barques se virent bientôt arrêtées par des canots remplis d'Iudiens armés qui défendaient énergiquement l'abordage. Fidèle à son système de modération et de douceur, Colomb se retira et se dirigea vers une autre baie qu'il appela le *Bon Port* et essaya de recommencer sa première tentative, sans avoir plus de succès ; la même hostilité accueillit ses efforts, et ce fut en vain qu'il crut triompher par un langage persuasif de l'obstination des Indiens à lui refuser l'entrée de leur île. Toutefois, ceux-ci apportèrent tant de violence à cette opposition, que lorsqu'il les vit sur le point de faire couler bas tous ses esquifs, il ordonna contre eux une véritable pluie de flèches qui les mit tous en fuite. Le lendemain, les indigènes revinrent d'eux-mêmes aux canots, entièrement pacifiés, offrant leurs provisions et leurs fruits, et sollicitant le trafic de leurs richesses contre les produits étrangers. Christophe profita de ces heureuses dispositions des naturels pour visiter leur pays dont il prit possession au nom des Rois Catholiques, pendant que ses hommes réparaient une avarie survenue à son propre vaisseau. Il trouva une île immense divisée en deux bassins par la splendide chaine de montagnes dites *les Montagnes Bleues*.

Christophe quitta *la Jamaïque,* le 4 mai, et il se croyait arrivé au point où les anciens géographes plaçaient *la Chersonése,* une des plus importantes régions aurifères de l'Occident, lorsqu'une tempête le ramena vers *Cuba* qu'il reconnut par une pointe de terre nommée par lui *Santa Cruz ou Sainte Croix,* et dont il longea la côte sur une longueur de deux cent vingt-deux lieues. Rien ne saurait donner une idée des épreuves de toute nature qui attendaient l'Envoyé de Dieu au cours de cette périlleuse navigation. Tantôt il eut à supporter d'épouvantables bourrasques dans des endroits dangereux et tout à fait inconnus; tantôt, il se vit entouré d'écueils et de bancs de sable qui menaçaient à tout instant de briser ses vaisseaux; tantôt il rencontra des bas-fonds dont rien ne laissait soupçonner la présence, mais qui faisaient subir aux bâtiments de désastreuses avaries; tantôt enfin il eut à lutter contre le mécontentement et le désespoir de ses compagnons, toujours prêts à faire retomber sur lui la cause de leurs ennuis, de leurs privations ou de leurs malheurs. Mais aucun de ces incidents ne put ébranler sa foi ni vaincre sa confiance; et dans toutes ses difficultés, la prière demeura son refuge.

Au sein de ces dangereux parages, la flotte rencontra cent soixante îlots, les uns couverts de sable, les autres remplis d'arbres, tous séparés par des canaux où les navires trouvaient passage, mais plus hauts et plus verts, à mesure qu'ils se rapprochaient de Cuba. Christophe désigna cet immense archipel sous le nom de *Jardin de la Reine*, et dut y séjourner pendant un long mois. On y voyait des grues rappelant par leur forme et leur taille celles de nos climats et n'en différant que par la couleur éclatante de leur plumage ; une multitude de petits oiseaux, d'ordres les plus variés ; d'énormes tortues dont les œufs ressemblaient par leur grosseur à ceux d'une poule ; enfin, une foule de poissons délicats, inconnus aux marins.

Colomb, averti par les pêcheurs du pays qu'il trouverait plus loin des îles encore plus séduisantes, continua sa route vers l'Ouest, sans se laisser arrêter par le danger continuel d'échouer sur les sables ou de se briser contre les rochers qui bordaient les côtes, et il jeta l'ancre devant une terre qu'il baptisa du nom de *Sainte-Marthe*. Le rivage était couvert d'une végétation si touffue et si haute, qu'on ne pouvait savoir s'il s'y trouvait quelque habitation, et un matelot armé fut envoyé dans ces parages pour se rendre compte des ressources qu'ils pouvaient offrir. Il n'y trouva que des chiens muets, des perroquets et des grues, la crainte ayant fait fuir vers les montagnes tous les indigènes. Christophe décida que que l'on continuerait l'exploration des côtes, mais les passes sablonneuses se rétrécissaient de plus en plus ;

les navires s'en tiraient chaque jour moins aisément ;
chaque soir le ciel se couvrait d'épais nuages qui écla-
taient la nuit en épouvantables orages, et la navigation devenant de moins en moins sûre, on cingla vers *Cuba*. Comme
on approchait de cette île, on crut apercevoir sur un cap,
des hommes vêtus de blanc que l'équipage ravi prit pour
des Frères de l'Ordre de *Sainte-Marie de la Merced,* et
ce fut avec un joyeux empressement que les matelots
tentèrent de s'en approcher ; mais ils avaient été le jouet
d'une illusion d'optique : les prétendus moines n'étaient
que de grands hérons des Tropiques auxquels l'éloignement avait donné l'apparence d'êtres humains. En quittant la terre où la flotte avait dû s'arrêter pour prendre de
l'eau et du bois, les marins furent témoins d'un phénomène non moins étrange. Tantôt les flots leur apparurent
d'un beau vert foncé comme si le fond couvert d'herbes
de l'Océan n'eut été qu'à deux brasses de profondeur ;
tantôt ils se trouvèrent dans une mer d'une blancheur
de neige, dont toute la surface était effleurée par le sable ;
enfin, plus loin, les lames se montraient noires comme
de l'encre ; mais à ce moment, *la Nina* donna si fort sur
un bas-fonds, que l'on put l'y croire complètement
échouée. Retirée à grand'peine, elle fut amarrée aux
autres navires qui le 7 juillet accostèrent *la Perle des
Antilles*. Une messe d'actions de grâces fut célébrée aussitôt après le débarquement. A quelque distance de
l'équipage, agenouillé sur le sable, se tenait un vieux
Cacique qui observait tous les détails de la sainte cérémonie dans un religieux silence. Lorsque les prières

furent terminées, il s'approcha respectueusement de
Christophe auquel il offrit une corbeille pleine de fruits ;
puis il s'assit à terre, et prononça ces paroles qui donnaient une juste idée de sa croyance à l'existence d'un
Dieu et d'une vie future :

« Ce que tu viens de faire est bien, car il paraît que
» c'est un hommage rendu par toi au Dieu universel.
» On dit que tu arrives dans nos régions, avec une
» grande force et une autorité supérieure à toute résis-
» tance ; il nous a été rapporté de quelle manière tu as
» investi et enveloppé de ta puissance ces terres qui vous
» étaient inconnues, et la terreur causée aux peuples
» par votre présence. Nous ne savons si vous êtes des
» hommes ou des dieux ; si vous êtes des dieux, acceptez
» nos dons et soyez-nous favorables ; si vous êtes
» comme nous des hommes soumis à la mort, apprends
» de moi ce que nos ancêtres ont enseigné à nos pères
» qui nous l'ont redit : deux chemins s'ouvrent devant
» les âmes lorsqu'elles se séparent des corps ; l'un,
» rempli de ténèbres et de tristesse, destiné à ceux
» qui ont nui au genre humain ; l'autre, plaisant et
» délectable, réservé à ceux qui ont fait du bien à leurs
» semblables. Si donc tu crois être, toi aussi, sujet à la
» mort, si tu crois à un monde à venir où chacun sera
» jugé selon ses œuvres, tu ne chercheras pas à oppri-
» mer ceux qui ne t'ont pas offensé, et tu prendras
» soin de ne pas nous faire de mal, à nous qui ne t'en
» avons jamais fait. »

Quel philosophe des temps anciens ou modernes eût

jamais mieux dit et en un plus logique langage ? et *Las
Cases* n'avait-il pas raison d'attester en traduisant ce
touchant discours du sauvage, que la religion du vieillard
indien se rapprochait de celle du Christ par la simplicité,
la beauté et la pureté de sa morale ? Toute cette tribu
d'ailleurs semblait vivre dans la pratique de ces excellents
préceptes ; la terre était commune entre les indigènes
comme le soleil et l'air ; le mien et le tien, causes ordinaires de bien des discordes, n'existaient point dans
leurs usages, et toujours ils se montraient contents de
peu. « *Ils sont de l'âge d'or,* disent les chroniques de ce
» temps, *ils ne fossoient ni n'enferment de haies leurs*
» *possessions ; ils laissent leurs jardins ouverts, sans lois,*
» *sans livres et sans juges ; suivent en tout ce qui est juste,*
» *et réputent mauvais celui qui se délecte à faire injure*
« *ou tort à autrui.* »

Cependant le Cacique attendait la réponse de Christophe qui à son tour prit la parole et s'exprima en ces
termes :

« *Je me réjouis plus que je ne saurais le dire de voir*
» *l'immortalité de l'âme au nombre de tes croyances ;*
» *maintenant, sois bien convaincu que je ne suis nulle-*
» *ment venu dans ce pays pour le tyranniser, ni pour*
» *opprimer les peuples. Le roi d'Espagne, mon maître,*
» *ne m'a envoyé ici que pour m'informer s'il y avait dans*
» *ces contrées des nations barbares et sauvages comme*
» *celle des Caraïbes ; car alors, j'ai ordre de les réduire*
» *à la raison ; d'empêcher leurs violences, et de faire*
» *régner la justice et la paix entre tous leurs sujets.* »

Le Cacique qui se fit interpréter ce pacifique langage fut touché jusqu'aux larmes des nobles intentions du Génois, et dans l'effusion de ses sentiments, il combla de présents ces hommes que plus que jamais il croyait être descendus du ciel.

Quittant la terre de *Cuba*, Colomb revint vers *la Jamaïque* dont il releva toute la côte sud jusqu'à son extrémité orientale. Le mercredi 6 juillet, il fut arrêté devant le cap de *Santa Cruz* par une pluie tellement abondante, que les navires s'en trouvaient presque submergés et que le travail des pompes ne suffisait pas à vider les cales. Les équipages étaient du reste exténués, les vents contraires, les vivres épuisés ; et Christophe rendait ainsi compte dans le journal adressé aux Souverains Catholiques, de la tristesse de la situation :

» *J'ai dû faire encore réduire les rations. Plaise à*
» *Dieu que nous souffrions ainsi pour son service et pour*
» *celui de Vos Altesses ; mais en ce qui me concerne, je*
» *n'exposerai plus l'équipage à de telles fatigues, ni à de*
» *semblables périls, car il n'est maintenant aucun jour*
» *qui ne nous semble devoir être le dernier de notre vie.* »

Toutefois, Colomb ne voulut point repasser devant le pays des Caraïbes, sans essayer de punir ces antropophages de leurs cruautés, et de les rendre impuissants vis-à-vis des peuplades voisines. Vers le milieu de septembre, il cingla vers leur île, se proposant de fouiller leurs repaires, de brûler leurs cases, de détruire leur flotte et d'empêcher ainsi la continuation de leurs forfaits. Mais, suivant la remarque judicieuse du comte de

Lorgues, « ce n'était pas à l'Élu de Dieu, au Messager
» du salut, au grand Porte-Croix de l'Église, à la douce
» Colombe messagère de la Paix et de la Bonne Nou-
» velle, qu'il appartenait d'accomplir une mission aussi
» sanglante, » et la Providence fit naître l'obstacle qui
s'opposa à l'exécution de ce généreux dessein. Au
moment où l'on s'y attendait le moins, Colomb subit
tout à coup la réaction de tant de secousses, d'épreuves
et de fatigues ; ses forces étaient épuisées plus encore par
le manque de repos que par celui de nourriture, et la
nature reprit ses droits ; un étrange sommeil s'empara
de l'intrépide navigateur ; on eût dit que ses souffrances
morales jointes au nombre des années légères à son
esprit mais pesantes à son corps, avaient triomphé de
son génie : les membres étaient flexibles, le cœur battait
faiblement, tandis qu'une sorte de paralysie s'était étendue sur le cerveau. Cette léthargie singulière laissait les
pilotes à leur propre conseil ; et ne sachant plus quelle
route tenir, les officiers décidèrent de rentrer à *Hispaniola*
où ils arrivèrent le 24 septembre, ramenant leur chef
anéanti et mourant.

Mais Dieu veillait sur son Élu. Après être demeuré
sur sa couche, rigide, glacé, privé de tout sentiment,
pendant cinq jours et cinq nuits, Christophe parut tiré
de son sommeil de plomb par une voix aussi connue que
chérie ; et ses yeux ne s'ouvrirent que pour contempler,
penché sur son chevet, son frère *Barthélemy* qu'il n'avait
pas revu depuis treize ans.

Chargé par leurs Majestés du commandement des trois

navires qui devaient porter secours à Colomb, après
une heureuse et courte traversée, Barthélemy venait de
jeter l'ancre à *Isabelle,* à l'heure même où sa présence
dans l'île espagnole était le plus nécessaire. Barthélemy,
en effet, personnifiait la force comme Christophe personnifiait le génie, et Diégo, la douceur. La vigueur de son
corps égalait celle de son âme ; d'une taille athlétique,
jointe à une trempe de fer, il jouissait d'une santé
robuste et présentait un aspect imposant ; sa voix savait
dominer les accents des hommes, comme le bruit des
vents et des flots ; navigateur dès son jeune âge, soldat
et aventurier pendant toute sa vie ; doué par la nature et
par l'habitude de cette audace qui commande le respect
et de cette justice qui fait accepter la discipline ; homme
aussi capable de gouverner que de combattre, c'était bien
le second qui convenait le mieux à Colomb, pour l'établissement colonial des Espagnols dans le Nouveau-
Monde. Aussi Christophe lui remit-il sans crainte le
commandement des terres conquises, pendant les longs
mois où il fut contraint par la maladie à l'inaction et au
repos. La tendresse qui unissait les deux frères leur
assurait réciproquement la confiance et la soumission,
nécessaires à cette alliance, car Barthélemy portait à
Christophe autant de respect que d'affection ; toutefois,
plus sévère administrateur que lui, il sut imposer plus de
crainte et souleva également plus de résistances.

L'arrivée de Barthélemy fut bientôt suivie de celle
d'Antonio de Torez, que la Reine de Castille avait envoyé
vers le Génois, à la tête de quatre caravelles chargées

d'approvisionnements. Une lettre des plus encourageantes accompagnait ce secours : « *Nous rendons grâces au* » *Seigneur,* écrivait Isabelle dont l'ardente piété ne » séparait pas la conquête du Nouveau-Monde de son » évangélisation. *Nous espérons qu'avec l'aide de Dieu,* » *cet ouvrage qui est le vôtre donnera à notre sainte foi* » *catholique une grande extension.... En tout ceci, la* » *principale satisfaction que nous éprouvons est de sentir* » *que c'est par votre génie que cette entreprise a été* » *conçue; par votre habileté qu'elle a été mise au jour,* » *par votre persévérance, qu'elle a été exécutée; et il nous* » *paraît que tout ce que vous nous aviez annoncé tout* » *d'abord comme devant arriver, s'est effectué avec* » *autant de précision que si vous l'aviez vu avant de* » *nous le dire.* »

Ce témoignage de la sympathie d'Isabelle fut pour le Génois comme un baume salutaire versé sur ses douloureuses blessures.

Barthélemy nommé Préfet et Intendant Général des Indes, se trouva bientôt aux prises avec la fâcheuse influence de *Pedro Margarita* qui s'était déclaré depuis peu l'ennemi acharné de Christophe, et cette rivalité devint pour le pays la source des plus grands maux.

Au lieu de suivre les recommandations de Colomb, Margarita négligea le soin de la discipline.

Ses soldats se livrèrent sans contrainte à toutes les violences, et provoquèrent ainsi chez les indigènes un légitime mécontentement. Le gouverneur d'*Hispaniola, don Diégo,* fit entendre à *Margarita,* de la part du Conseil, de sévères remontrances qui ne servirent qu'à l'irriter; la fierté que lui inspirait sa naissance, lui faisait depuis longtemps, du reste, supporter avec impatience l'autorité de l'obscur Génois, et heureux de trouver un prétexte pour s'en affranchir, il se retira dans le fort *Saint-Thomas.*

Mais tant de vexations et de méfaits avaient fini par exaspérer les opprimés qui réclamèrent l'appui de leurs Caciques pour exterminer les envahisseurs.

A peine remis de sa longue maladie, l'Envoyé de Dieu dut donc se faire guerrier et pacificateur; ce n'était point chose facile, avec le petit nombre de soldats dont il disposait; mais il semblait écrit que le Ciel ne pouvait abandonner son Élu dans aucun de ses périls, *Guatigana,* prince de la terre dite *Magdeleine,* qui avait fait tuer dix Espagnols et mettre le feu à une maison où se trouvaient quarante malades Castillans, fut emmené captif avec un grand nombre de ses sujets que quatre navires commandés par *Antonio de Torres,* conduisirent en Espagne au mois de novembre 1493. *Becchio* et *Guarionex,* qui exerçaient la souveraineté sur soixante-dix ou quatre-vingts chefs du second ordre, et qui s'étaient servis de cette domination pour déclarer la guerre aux Européens, furent également vaincus; mais Christophe crut devoir employer la surprise et la ruse, pour s'emparer du plus redoutable ennemi des Chrétiens, le cacique *Caunabo,* et il accepta la proposition hardie que lui fit le plus intrépide de ses lieutenants,

Alonzo de Ojéda, d'enlever le prince indien au milieu même de ses États. Ce chef, qui avait pris le titre de *Seigneur de la maison d'or*, avait souvent fait preuve de son admiration pour le laiton et le cuivre, et dans maintes circonstances, il avait manifesté un ardent désir de posséder la cloche de l'Église d'*Isabelle*, s'imaginant qu'elle parlait. *Ojéda* résolut de profiter de son ignorance sur la valeur des métaux, pour le faire tomber dans un piège, acte dont il prit sur lui toute la responsabilité.

On fit courir le bruit que les Castillans souhaitaient une paix universelle, et que, guidés par des sentiments d'estime particulière pour *Caunobo*, ils se disposaient à lui offrir des présents considérables. Selon la coutume des ambassades italiennes, une députation de neuf hommes accompagna l'officier espagnol chargé de les lui remettre; une suite si peu nombreuse ne pouvait exciter aucune défiance, et tous furent reçus avec courtoisie à *Maguana*, résidence du Cacique. Les insulaires brûlaient du désir de contempler les bijoux annoncés, le cuivre travaillé en forme de bagues, de colliers et de bracelets, ayant pour ces grands enfants des terres inconnues, un irrésistible attrait. Un grand nombre de ces objets fascinateurs furent étalés sous leurs yeux, puis *Ojèda* présenta à *Caunabo* une paire de fers, semblables à ceux que portent aux pieds et aux mains les forçats de nos pays, mais faits d'un laiton si poli, qu'il paraissait être d'argent. Il prétendit en même temps que ces bracelets étaient des marques d'honneur dont l'usage était réservé aux rois de Castilles, et que dans l'intention où était Christophe de traiter son ancien ennemi avec la plus haute distinction, il n'avait fait aucune difficulté pour lui envoyer ce qui n'avait appartenu jusque-là qu'à ses glorieux maîtres. Flatté dans sa vanité, le prince fut promptement séduit, et se laissa paisiblement mettre aux poignets les solides menottes qui devaient le réduire à une complète impuissance; les Européens se saisirent alors facilement de sa personne; et l'ayant placé en croupe sur un de leurs chevaux, ils prirent au galop la route d'*Isabelle*.

La joie de Christophe fut extrême, en se voyant maître de celui qui avait décrété la mort de tous les Espagnols; mais ne jugeant pas convenable de châtier un personnage aussi important sans avoir pris les ordres de la cour de Castille, il se contenta de le garder prisonnier dans sa maison. Toutefois, ne pouvant obtenir du vaincu aucune marque de soumission ni de respect, remarquant surtout son obstination à ne jamais le saluer, alors qu'il agissait tout différemment à l'égard d'*Ojëda*, Colomb voulut connaître la cause de cette étrange et insolente conduite : « *C'est,* lui répondit audacieusement Caunabo, *que tu n'as pas osé me venir prendre toi-même et que ton officier a eu plus de cœur que toi.* » Un homme aussi fier parut dangereux jusque dans ses chaînes, et l'on prit le parti de l'envoyer sans retard en Europe; mais, au cours de la traversée, une épouvantable tempête ensevelit dans les flots le navire qui le portait.

Le premier sentiment des Indiens en apprenant l'enlèvement de *Caunobo*, fut celui de la stupeur ; mais ils ne s'immobilisèrent pas longtemps dans leur étonnement, et tous répondirent à l'appel des trois frères du captif qui, sous la conduite de l'un d'entre eux, *Manicate,* réunirent une troupe de cent mille hommes, afin d'anéantir la domination des Espagnols dans le pays tout entier. Une vaste insurrection s'organisa sur les différents points de l'île ; et seul, un prodige pouvait sauver les Européens qui n'avaient à opposer à l'ennemi que vingt cavaliers et deux cents fantassins. Christophe leur adjoignit vingt chiens d'attache, dans l'espérance que leurs aboiements et leurs morsures effraieraient autant que le fer et le feu, ses redoutables adversaires. Puis il se mit à genoux, et, dans une prière fervente, il sollicita du ciel un miraculeux équilibre dans le combat disproportionné qui devait se livrer le 24 mars 1495, dans les plaines de la *Iéga Réal.* La lutte était à peine commencée, qu'on vit un spectacle unique dans l'histoire : en effet, au moment où une pluie de flèches allait s'abattre sur les Castillans, un vent impétueux s'éleva, et fit dévier de leur but tous les traits des Indigènes. Glacés d'épouvante devant un fait aussi inattendu et aussi extraordinaire, ceux-ci perdirent subitement tout leur sang-froid ; les armes à feu abattirent bientôt des files entières de leurs rangs, et, tandis que les uns étaient foulés aux pieds par les chevaux, les autres étaient saisis à la gorge par les mâtins qui mettaient facilement en pièces ces corps nus dont aucune partie ne résistait à leurs dents. En quelques heures, le champ de bataille fut couvert de leurs blessés et de leurs morts; et l'envoyé de Dieu ne crut mieux devoir témoigner sa reconnaissance au Seigneur des armées, qu'en dressant un autel et en y faisant célébrer une messe d'actions de grâces. On voit encore aujourd'hui dans *Haïti*, l'église qui rappelle *ce miracle des Flèches et la sainte colline* d'où le Génois fit monter vers le ciel ses accents suppliants.

Mais il semblait que Christophe n'avait été préservé de ce dernier péril, que pour courir un nouveau danger bien autrement redoutable. *Margarita*, dont nous avons constaté, quelques pages plus haut, l'esprit d'indépendance et de révolte, n'avait pu pardonner à son chef le blâme énergique de sa conduite, et n'avait reculé devant aucune lâcheté pour assouvir son besoin de vengeance.

Après avoir rallié à la cause de son dépit un grand nombre de mécontents, il finit par attirer dans son parti le non moins rancunier, *P. Boïl,* qui publia le premier *la nécessité d'aller détromper les Rois catholiques des fausses idées que Christophe leur avait fait concevoir sur ses entreprises.*

Pendant que Christophe se livrait aux préparatifs de sa guerre contre les Indiens, les traîtres parvinrent à s'emparer des mêmes navires qui avaient amené *Barthélemy* vers son frère, et ils partirent secrètement pour l'Espagne. Mais Colomb allait s'embarquer lui-même pour se justifier auprès de Ferdinand.

CHAPITRE XX

Deuxième retour en Espagne.

Christophe confia le commandement de l'île espagnole
à Barthélemy, auquel il donna le titre de vice-gouverneur,
tout en laissant les fonctions de juge suprême à l'un de
ses capitaines, *Holdam*, homme bas et rusé qui avait su
capter son estime par une hypocrite attitude, et qui ne
devait pas tarder à faire repentir le Génois de sa trop
grande confiance.

Afin d'exécuter son voyage le plus promptement possible, Christophe crut devoir cingler à l'Est; mais l'expérience n'avait pas encore appris aux pilotes qu'il fallait
mettre le cap au Nord pour rencontrer le vent favorable
au retour dans leur pays; ils continuèrent donc à carguer
vers le Sud, et bientôt ils purent se croire égarés et
perdus au sein de l'immense Océan. Le 20 mai, aucune
terre n'était encore en vue; les pilotes ne reconnaissaient
plus leur route; et, pour comble de maux, les vivres tou-

chaient à leur fin. Colomb dut réduire à six onces de pain
la ration quotidienne de l'équipage. Ces privations et la
crainte d'être assiégés par la famine, rendirent alors les
marins cruels et inhumains. Après bien des plaintes,
des murmures et des délibérations, ils décidèrent de
jeter à la mer ou de tuer, pour les manger, les pauvres
Indiens embarqués, et ne craignirent pas de soumettre à
leur chef l'horrible proposition de *se débarrasser ainsi
des bouches inutiles.* Les infortunés ne durent leur salut
qu'à la douce et persuasive fermeté de l'Envoyé de Dieu.
Usant de la grave et puissante autorité de sa parole, le
héros chrétien rappela à ses hommes que les malheureux
naturels étaient leurs frères en Jésus-Christ, et qu'ils ne
devaient pas être moins bien traités qu'eux-mêmes ; que
la conquête des Indes avait été surtout entreprise pour
amener à la religion catholique les idolâtres du Nouveau-
Monde, et que ce n'était pas à l'heure où l'Église allait
reconnaître pour ses enfants les quelques indigènes venus
de Saint-Domingue, qu'il les laisserait être victimes d'un
pareil crime. *D'ailleurs,* ajouta-t-il, *cette barbarie s'ins-
pire de l'ignorance de la situation, car, avant trois jours,
nous serons dans les eaux du cap Saint-Vincent.* A cette
assurance, tous les officiers se récrièrent ; les uns prétendirent être près des côtes de l'Angleterre ; les autres,
à proximité du canal des Flandres, tandis que les vieux
loups de mer attestaient reconnaître les parages de la
Galice. Christophe imposa un silence général ; et trois
jours après, 11 juin 1496, le cri de *terre !* annonçait
que les rivages espagnols se montraient à l'horizon.

Encore une fois, le Génois avait eu raison de ses contradicteurs ; de nouveau, l'événement avait justifié ses prévisions prophétiques ; mais ses ennemis ne pouvant expliquer par la science nautique un si étonnant prodige, ne voulurent pas y reconnaitre une intervention divine, et l'attribuèrent à un pouvoir terrestre. Ils accusèrent le navigateur de s'être mis en rapport avec les puissances inférieures et de s'adonner à la magie, et le faisant passer pour un habile nécromancien, ils abusèrent tellement de la crédulité des marins à cet égard, que neuf ans plus tard, son équipage allait jusqu'à prétendre qu'à l'entrée de la nuit, il avait fait apparaître dans la baie de *Santa Gloria,* une caravelle fantastique avec son gréement, son capitaine et tous ses matelots.

Ce second retour de l'illustre navigateur ne fut pas salué comme le premier par l'empressement et l'admiration du peuple espagnol. La reconnaissance et l'enthousiasme avaient fait place à la froideur, à l'injustice et à l'envie ; et seule la calomnie, l'incrédulité et le reproche, accueillirent Colomb, lors de son arrivée à Cadix. Au brillant cortège de jadis avait succédé une foule d'aventuriers que l'Inde devait enrichir, et qui revenaient déçus, misérables, pâles, décharnés, se soutenant à peine ; Colomb lui-même, dont le visage portait la trace de toutes ses souffrances, s'avançait péniblement, le corps couvert de la robe grise des Franciscains, la taille ceinte d'une corde grossière, la tête chargée d'années, de chagrins et de soucis, la barbe longue, les pieds nus ; et ses amis les plus fidèles pouvaient se demander ce qu'il

avait fait de son génie et de sa gloire. Un long mois
s'écoula avant que les souverains, informés par lui de
son arrivée, daignassent l'appeler auprès d'eux ; et ce fut
seulement le 12 juillet, que le héros méconnu reçut de
Burgos un message royal, le priant de se rendre à la
Cour. Mais le traître *Aguado* l'y avait précédé en compagnie du *Père Boïl* et de ses partisans ; et tous avaient
su profiter avec habileté des dispositions secrètement
hostiles de Ferdinand à l'égard du Génois, pour perdre
complètement ce dernier dans son estime et sa confiance.

Les preuves palpables fournies par l'Envoyé de Dieu,
concernant la richesse des pays conquis, dissipèrent les
soupçons qui pesaient sur son désintéressement et son
intégrité. En effet, au cours de sa seconde expédition,
n'avait-il pas découvert les îles *Dominique, Marie-Galante,
Guadeloupe, Mont-Serrat, Sainte-Marie, Sainte-Croix,
Porto-Rico et la Jamaïque?* N'avait-il pas opéré une
nouvelle reconnaissance de *Cuba et de Saint-Domingue?*
et les présents qu'il venait déposer aux pieds des souverains, n'attestaient-ils pas le succès toujours croissant
de ses entreprises? Ferdinand ne put cacher sa satisfaction, devant les échantillons multiples des produits de
ces différentes terres, et ne sut comment la témoigner
au Génois qui étalait à ses yeux les oiseaux et les plantes,
les instruments et les ustensiles en usage chez les
Indiens, les masques dont les oreilles étaient faites de
feuilles d'or, et surtout une multitude de grains du même
métal, dont la grosseur varait depuis le volume d'un pois
jusqu'à celui d'un œuf de pigeon.

Mais par une sorte d'avertissement secret, l'Ambassadeur de Dieu avait senti que le but définitif de sa mission n'était pas encore atteint, et qu'il lui restait à découvrir et à évangéliser les terres de l'Occident. Aussi était-il résolu à entreprendre un troisième voyage, et se hâta-t-il d'en soumettre les projets aux rois d'Espagne, tout en leur faisant comprendre la nécessité de se rendre compte au plus tôt de la situation des colonies fondées et de pourvoir à leurs moyens d'existence. Ferdinand acquiesça avec joie à toutes ses demandes, tandis qu'Isabelle lui ouvrait sur sa caisse privée un crédit de six millions pour subvenir aux frais du prochain armement. La pieuse souveraine lui multiplia en outre les pouvoirs et les titres, et pour seconder plus sûrement les efforts de son zèle, elle chercha à assurer la conversion, la moralisation et le bonheur des pauvres Indigènes, en stipulant en leur faveur, des conditions de liberté et d'humanité vraiment dignes de l'Évangile et de sa grande âme. Son cœur de femme proscrivait d'instinct les horreurs de l'esclavage, et son âme compatissante sut alors s'imposer les plus généreux sacrifices, pour essayer d'en soulager l'infortune. Elle-même remit à Christophe ses instructions pour l'administration des colonies, désirant y envoyer autant d'hommes et de provisions que cela était nécessaire, et voulant les peupler de laboureurs et d'artisans de tous genres, elle mettint tout en œuvre pour que les préparatifs de l'expédition nouvelle ne subissent aucun retard. Malheureusement ses ordres ne furent pas fidèlement exécutés, et son autorité se heurta bien souvent aux manœuvres déloyales des ennemis de son protégé. Les bureaux de Séville prirent à tâche de jeter le discrédit sur son expédition prochaine ; un des officiers du Génois, *Alonzo Nino,* qui venait de ramener d'Hispaniola une centaine d'Indiens, réveilla par ses honteuses propositions concernant la vente des naturels, la cupidité et les préventions un moment assoupies de Ferdinand, tandis que *Juan de Fonseca,* sentait chaque jour s'augmenter sa haine contre Colomb et devenait le chef audacieux d'une conspiration ourdie contre lui.

La faveur constante, quoique voilée, de la reine soutenait seule le héros au milieu de ses douloureuses épreuves. *Alors que l'on m'accablait de reproches,* déclarait plus tard l'illustre persécuté, *ma souveraine ne cessait de me répéter qu'il ne fallait prêter aucune attention à tous les propos tenus contre moi ; que sa volonté était de poursuivre et de soutenir mon entreprise, dût-on n'en retirer que des pierres ; qu'elle ne s'arrêterait jamais devant la dépense, car elle était convaincue de l'extension de notre sainte foi dans les pays conquis ; et qu'elle jugerait tous ceux qui s'opposeraient à ses projets, ennemis de sa couronne.* Non contente de prodiguer à l'Élu de Dieu ses plus puissantes consolations, Isabelle alla jusqu'à lui offrir comme marque de sa gratitude, une sorte de domaine privé, c'est-à-dire, une principauté de douze cents lieues carrées, qu'elle s'engageait à ériger en duché, dans la partie des Indes que Christophe choisirait ; mais celui-ci refusa noblement cette insigne faveur, dans la crainte que cette magnifique possession ne l'attachât trop aux biens de ce monde ; et qu'elle n'absorbât une partie du temps voué tout entier par son âme d'apôtre à la sainte cause de Dieu.

Après avoir pris toutes ses mesures et avoir sollicité comme une faveur de sa souveraine le pardon de ses ennemis, Christophe Colomb songea à effectuer son troisième départ.

CHAPITRE XXI

Troisième traversée.

Toute une année s'était écoulée avant que la petite escadre qui devait s'avancer à la conquête d'autres pays sous le commandement de Christophe, fût mise en état d'appareiller. Enfin, le 30 mai 1498, les six caravelles ancrées dans le port de *San-Lucar de Barraméda*, hissèrent le pavillon castillan et se disposèrent à prendre la mer. Mais avant de donner le signal du départ, l'Ambassadeur de Dieu voulut, par un vœu spécial, appeler les bénédictions célestes sur son troisième voyage, et s'engagea solennellement à honorer du nom de l'adorable Trinité la première terre que l'on aurait le bonheur de découvrir.

Cette sainte promesse suffit pour faire brusquement éclater les sentiments d'envie et de haine qui avaient poursuivi le Génois jusqu'à bord de son navire. En effet, parmi les passagers se trouvait un ancien iraëlite, *Jimeno de Bribicsca,* dont l'apparente conversion à la religion chrétienne n'avait eu pour but que de l'aider à obtenir une place dans les bureaux de la marine, et à pouvoir ainsi seconder les indignes et ombrageuses menées du plus redoutable rival de Colomb, *Juan de Fonseca.*

Aussi fier de la confiance de ce dernier que de son titre récent d'officier payeur, le juif s'était bientôt arrogé tous les droits, et pour mieux flatter les vils penchants de son maître, il crut ne pas trouver de meilleur moyen que d'insulter grossièrement devant les équipages et toute la foule amassée sur le quai, le pieux héros qui allait se couvrir d'une nouvelle gloire.

A ce sanglant outrage, un violent combat se livra dans l'âme vaillante mais magnanime de Christophe, qui se trouva placé dans l'alternative de confirmer par la rigueur les injustes accusations portées sur sa prétendue tyrannie, ou de faire preuve de faiblesse aux yeux de tous ses compagnons, la plupart, comme nous l'avons vu, repris de justice et gens sans aveu. Toutefois son hésitation fut de courte durée ; sa sagesse et sa prudence l'emportèrent sur sa bonté naturelle, et regardant comme un devoir de faire à l'avance reconnaître, craindre et respecter sa légitime autorité, il proportionna le châtiment à l'offense. Sous l'influence de son indignation, il bondit sur son lâche ennemi, et de toute sa force doublée par la colère, il le souffleta publiquement ; puis, après l'avoir abattu sur le pont, il le poussa dédaigneusement du pied jusqu'à ce qu'il l'eût lancé, humilié et meurtri, sur le rivage. Tel fut l'adieu adressé à la jalousie espagnole par l'illustre navigateur qu'un vent favorable enleva bientôt à la vue des côtes et à la perfidie de ses persécuteurs.

Le mercredi, 27 juin, les navires longeaient les côtes de *l'île de Sel*, et touchaient à l'île dite de *Bonne Vue*, dont l'aspect désolé contrastait singulièrement avec ce nom. Ils gagnèrent ensuite *Santiago*, l'île la plus importante de *l'archipel du Cap Vert*. Le jeudi, 5 juillet, on fit voile vers le Sud-Ouest, afin de franchir sans retard la ligne équinoxiale dont on n'était plus séparé que par quelques degrés; mais la vapeur n'avait pas encore, à cette époque, rendu la navigation indépendante du vent, et les caravelles furent soudainement arrêtées par un obstacle insurmontable : le calme plat de l'Océan. L'écrivain Joséfa nous fait de ce péril couru par la flottille espagnole, un émouvant récit que nous nous permettons de lui emprunter.

« La mer unie et sans vague, dit-il, semblait être devenue un immense bassin d'huile, tant le mouvement habituel de l'eau paraissait suspendu. On eût cru les navires rivés par leurs quilles à la surface des flots; les voiles pendaient molles et flasques le long des mâts; et les marins pris d'un affaissement provoqué par cette atmosphère embrasée, n'avaient plus la force de disputer à l'étouffement général une vie dont chaque heure aggravait la souffrance et l'angoisse.

» Le ciel était de plomb; aucun souffle ne rafraîchissait l'air; habitués à la chaleur des pays méridionaux, les passagers n'avaient pas idée des embrassements de la zone torride ; le soleil, cet astre bienfaisant était devenu un fléau ; on naviguait dans un four, et l'on peut s'imaginer l'état des conserves et des provisions, sous cette température qui menaçait de frapper de folie tous les hommes de l'équipage.

» Chaque jour amenait des découvertes de plus en plus terrifiantes ; on vit d'abord que le blé se ridait et paraissait tout grillé ; le lendemain c'était le goudron qui coulait comme de l'eau ; plus tard, les bandes de lard séché n'étaient plus qu'un amas de graisse liquide ; tout était altéré, gâté et perdu. Aucun manœuvre n'eut le courage ni la force de descendre sur le pont où l'on remisait les tonneaux et où la température montée à un degré asphyxiant continuait son œuvre destructive. Sous son action, le bois des cuves travaillait ; les douves se resserraient ; les fentes s'élargissaient, et les provisions de vin et d'eau douce s'échappaient par les interstices. Ce soleil de feu, c'était la mort pour tous, et la mort à bref délai. »

Dans cette cruelle perplexité, une autre épreuve vint encore accroître les inquiétudes de Colomb et le désespoir de ses compagnons. La maladie étendit de nouveau Christophe sur un lit de douleur. Ses yeux fatigués par les veilles, l'insomnie, l'absorbante étude des cartes et des astres, furent atteints d'une inflammation qui ne tarda pas à dégénérer en une grave ophtalmie ; ses membres raidis par la goutte refusèrent de le soutenir ; ses angoisses morales jointes à ses peines physiques avaient brisé plus que les flots son corps jadis si vigou-

reux; mais son âme demeurée constamment vaillante
s'unit alors à son génie, pour dominer la souffrance et
ne considérer que l'avenir. Quelles que fussent ses douleurs, il veilla comme de coutume à la conduite et au
salut de son équipage; et lorsqu'il comprit l'imminence
du danger dont il était menacé, il eut encore une fois
recours à Celui qui seul pouvait l'en délivrer. A sa prière,
le Ciel eut pitié d'une telle détresse; un vent propice
s'éleva peu à peu; une pluie abondante ranima les
marins épuisés; l'espérance revint dans tous les cœurs;
et pendant dix-sept jours, la flottille fût doucement
poussé dans la direction du Nord.

Colomb s'attendait à se retrouver d'un moment à
l'autre en présence des *îles Caraïbes*, lorsque le 31 juillet,
un de ses matelots aperçut du haut des duniers, du côté
de l'Occident et à la distance de quinze lieues, trois montagnes élevant dans les brumes leur sommet différent,
mais reposant sur une seule base. Frappé de ce rapprochement avec l'adorable mystère qu'il avait fait vœu
d'honorer à sa première découverte, Christophe fut doublement heureux de donner à cete terre si désirée le nom
de *Trinitad* ou *Trinité*, tandis que tout l'équipage pros-
terné sur le pont, entonnait le chant habituel de sa
reconnaissance et de sa joie : le *Salve Regina*.

Quelques jours après, ils s'engageaient dans les eaux
redoutables de l'Orénoque.

A cet endroit, en effet, le fleuve se précipite dans la
mer avec une telle impétuosité, que la navigation y
devient des plus dangereuses; les vagues s'y élèvent à

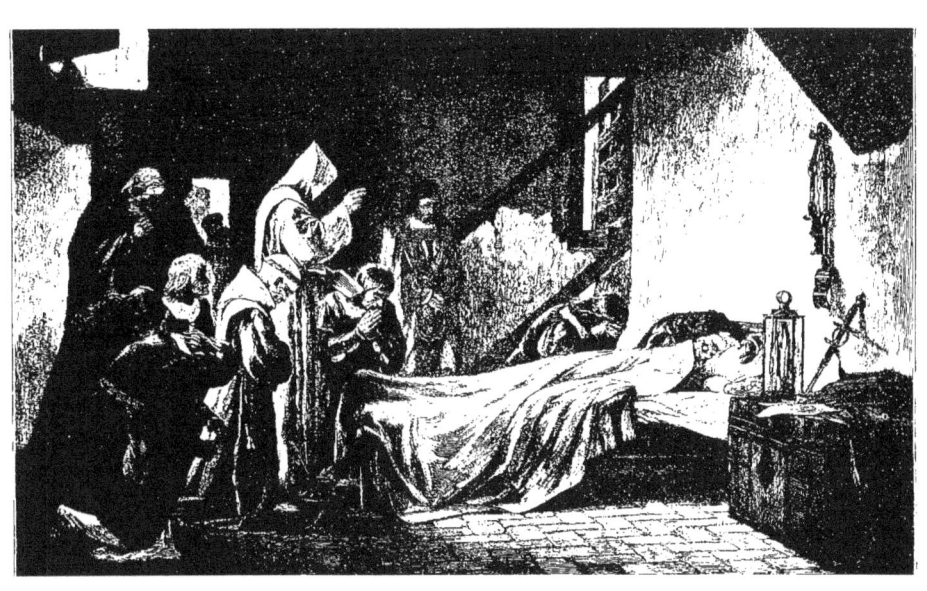

une hauteur si considérable et s'y brisent avec tant de violence, que nul espoir de salut ne resterait au pauvre navire qui serait pris entre deux lames. La flottille ne tarda pas à courir le plus grand péril ; à peine était-elle arrivée auprès d'un large canal dit *Bouche de Serpent,* qu'elle se trouva en présence de récifs et d'écueils contre lesquels les flots paraissaient s'élancer avec une indomptable fureur, et que les marins désespérèrent de pouvoir aller de l'avant à cause des bas-fonds, comme de retourner sur leurs pas, à cause des courants qui les avaient apportés. *Vers le milieu de la nuit,* écrivait le lendemain Christophe au journal du bord, *j'entendis un bruit terrible qui venait du midi, et je vis la mer qui s'élevait du couchant au levant, formant une espèce de colline aussi haute que nos mâts. Au-dessus de cette élévation, les lames arrivaient avec un terrifiant fracas. Je ne doutais pas que nous ne fussions sur le point d'être engloutis, et aujourd'hui encore j'éprouve à ce souvenir un sentiment douloureux. Mais par la grâce de Dieu, la houle passa sans rien faire de plus que de nous secouer rudement, et sans qu'il s'en suivit pour nous aucun dommage.*

Cependant, malgré les difficultés de cette navigation, les caravelles continuèrent leur route et reconnurent divers caps, l'un à l'Est, sur l'île de *la Trinité,* le cap de *Penablanca,* l'autre à l'Ouest, sur le promontoire de *Paria,* le cap de *Lapa.* Puis elles découvrirent plusieurs ports, entre autres celui *des Singes ;* et enfin elles s'avancèrent dans l'étroit passage qui sépare le *cap des Perles* de l'île *de la Trinité*. Les navires y trouvèrent les flots dans un mouvement fougueux et furent bientôt couverts d'écumes par le combat du courant contre la marée ; les ancres furent enlevées par la force des vagues, et les vaisseaux allaient infailliblement se briser contre les rochers, lorsque se leva un vent impétueux qui, domptant l'Océan, les jeta brusquement en haute mer. Colomb avait compris l'imminence du péril, et avait déclaré que *s'il avait le bonheur d'en être préservé par le Ciel, il pourrait se vanter d'être sorti de la gueule du dragon;* ce fut cette idée qui fit donner au détroit le nom de *Boca del Drago, Gueule du Dragon,* qu'il a conservé jusqu'à nos jours.

Le lundi, 20 août, l'Ambassadeur de Dieu mouilla près de la petite île dite *Béate,* d'où il fit partir un indigène pour porter à son frère une lettre lui annonçant sa prochaine arrivée ; et le 30 du même mois, il entrait avec ses vaisseaux dans le port d'*Isabelle.*

CHAPITRE XXII

Retour à Hispaniola.

Épuisé par tant de fatigues et de secousses ; privé de l'usage de la vue, au point de ne pouvoir plus se conduire, l'Ambassadeur de Dieu revint avec d'autant plus de bonheur dans l'île espagnole, qu'il espérait y trouver un peu de consolation et de repos. Hélas ! son illusion fut de courte durée ; et il ne tarda pas à comprendre, au contraire, que de nouvelles épreuves lui étaient réservées.

Non seulement la mort avait frappé la plupart de ses gens ; non seulement la maladie en terrassait encore plus de cent cinquante à l'heure de son retour, mais une sorte de guerre civile s'était jointe à tous les fléaux pour décimer les habitants de la colonie ; et ce ne fut que sur ses instances réitérées, que Barthélemy se décida à lui faire le douloureux récit des tristes événements accomplis pendant son absence.

Les premiers mois qui avaient suivi son départ n'avaient amené aucun incident capable de troubler l'entente des Espagnols avec les Indigènes ; tous attendaient patiemment les secours de toute nature qui leur avaient été promis, et ce fut seulement au bout d'une année que, ne voyant rien venir, le mécontentement universel commença à se manifester. Les ennemis de Christophe n'eurent garde de négliger cette circonstance favorable à l'exécution de leurs secrets projets, et ils se servirent de cette fâcheuse disposition des esprits, pour accuser le Génois d'indifférence et d'abandon. Parmi ces lâches calomniateurs, se trouvait le juge général *François Alando ou Roldan,* que Christophe avait investi d'une autorité presque égale à la sienne, mais qui avait bientôt pris ombrage de celle dont jouissait lui-même le frère de Christophe. Chargé de remplacer Barthélemy pendant une expédition assez lointaine de ce dernier, Orlando profita de cet intérim, pour préparer un soulèvement général. Par les plus subtils raisonnements, il essaya de démontrer à tous les colons, combien ils étaient victimes du prétendu despotisme du gouverneur, qui ne craignait pas de les soumettre à une vie laborieuse et pénible, faite de travail et de privations, pendant que lui-même menait, à l'exemple de ses frères, une existence douce et facile ; puis il excita leurs ardentes convoitises, en faisant briller à leurs yeux, les avantages d'une liberté absolue qui leur permettrait de s'approprier les richesses du Nouveau-Monde, et de contracter n'importe quelle alliance à leur choix ; mais surtout il eut recours aux suggestions les plus habiles, pour les engager à s'affranchir d'une soi-disant discipline de fer, qui punissait le moindre écart, d'un jeûne pénible ou d'un rigoureux emprisonnement.

Ces hypocrites et déloyales menées obtinrent un plein succès ; d'un commun accord, les Espagnols et les Indigènes se révoltèrent, et poussèrent l'audace jusqu'à décréter la mort de leur *Adelantado;* mais Barthélemy fut averti à temps de leur perfide dessein, et par une résistance vigoureuse, fit échouer leur infâme complot. *Roldan,* humilié par cet échec, ne se déclara néanmoins pas vaincu ; par son astuce et sa popularité, il se fit un parti parmi les plus vils mécontents, et se cantonna avec eux sur le rivage opposé de Saint-Domingue, d'où il se mit à braver ouvertement l'autorité du gouverneur. Toutefois, ce fut en vain qu'il voulut s'emparer de la citadelle; toutes ses attaques furent victorieusement repoussées, et le rebelle n'eut bientôt plus d'autre ressource que de s'assurer le concours des caciques voisins, qui s'autorisaient de tous ces troubles pour s'insurger à leur tour et ne plus payer leur tribut. *Guarionex* fut le premier à lui prêter son appui; mais le frère de Christophe marcha contre les révoltés à la tête de quinze mille hommes, les surprit pendant la nuit, et après avoir mis en pièces une partie de leurs gens, s'empara des principaux chefs qu'il emmena en captivité.

Effrayé de cette défaite, *Behechio,* gouverneur de *Xuacaragua,* qui avait également résolu de secouer le joug castillan, changea subitement de dispositions, et demanda qu'une caravelle fût envoyée dans ses États pour y recevoir sa nouvelle soumission. La veuve de *Caonabo*, sœur du Cacique auprès de qui elle avait cherché un refuge, était la véritable souveraine de ce pays. Douée d'un esprit élevé, d'une incomparable distinction et d'un goût littéraire aussi rare que sûr, *Anacoanat*, dont le nom avait la gracieuse signification de *Fleur d'or*, avait fait adopter à toute sa tribu les usages, les mœurs et l'étiquette d'une véritable Cour. Jeune encore, remarquable par sa beauté autant que captivante par ses vertus, elle avait charmé sans peine ce peuple enfant, qui la vénérait à l'égal d'une de ses sibylles, et qui vivait paisible, riche et heureux sous ses lois remplies de sagesse et de clémence. Ses goûts naturels la portèrent à accueillir favorablement ces étrangers, gratifiés de tous les bienfaits de la civilisation, et ce fut grâce à cette secrète sympathie, que la conquête de *Xuacaragua* pût être effectuée sans la moindre effusion de sang.

Avertie de l'approche du préfet d'Hispaniola, elle vint à sa rencontre dans tout l'appareil de son étrange mais touchante souveraineté. Portée dans un magnifique palanquin de verdure, sur les épaules de six vigoureux naturels ; entourée de ses respectueux sujets ; parée des fleurs des tropiques, elle s'avança à la tête de son nombreux cortège jusque sur le rivage ; puis, montant dans une chaloupe, elle accosta le bâtiment espagnol où elle monta sans manifester d'autre sentiment de crainte, que celui qui lui fut causé par une décharge d'artillerie saluant son arrivée. Ensuite elle offrit à tout l'équipage

une gracieuse hospitalité, multiplia en sa faveur les fêtes
et les danses, et mit à sa disposition les innombrables
richesses qui se trouvaient en son pouvoir. Malheureusement, la cupidité et l'amour du brigandage dont
avaient toujours fait preuve les Espagnols, détruisirent
encore les heureux effets de cette pacifique conquête.
Anacoana, sa fille, son frère, ainsi que trente caciques
des environs, furent quelque temps plus tard invités par
eux, à contempler du haut d'un balcon, les évolutions
de leurs chevaux et le combat simulé de leurs cavaliers ;
mais au milieu du spectacle, ceux-ci fondirent sur le
peuple que la curiosité avait amassé sur la place et le
massacrèrent sans pitié. Au même moment, le feu était
mis aux quatre coins du palais encore rempli des restes
du festin auquel les Espagnols venaient de prendre part ;
et l'on vit l'infortunée reine expirer dans les flammes
avec toute sa famille, en appelant sur les traîtres la vengeance de ses dieux.

Informé de ces tristes détails, l'Ambassadeur de Dieu
voulut, malgré l'indiscutable évidence des faits, procéder
lui-même à une enquête approfondie, avant de sévir
contre les coupables et d'instruire les souverains des regrettables incidents survenus dans les terres conquises.

Toutefois, l'Ambassadeur de Dieu n'avait pas encore
atteint le terme de ses épreuves. Tandis qu'il concentrait
tous ses efforts à rétablir l'ordre et la paix dans l'île
Espagnole, et que, au milieu de tracasseries incessantes,
il cherchait à doter la colonie des institutions les plus
sages, tout en assurant sa prospérité par de nouvelles

découvertes, un odieux complot se tramait contre lui en Castille. Ses rivaux de Saint-Domingue ne s'étaient pas bornés, en effet, à se montrer rebelles et insolents ; ils avaient poussé la perfidie jusqu'à se plaindre amèrement dans leurs lettres envoyées au pays, de la conduite de leur chef à leur égard, et leurs mensongères accusations avaient servi d'appuis aux racontars des aventuriers revenus en Espagne. Les uns et les autres semblaient s'être donné le mot pour soulever leur ingrate patrie contre le Génois, et leurs astucieuses manœuvres finirent par le rendre aussi odieux au peuple, que suspect au roi. Il arriva même qu'un jour, à Grenade, les plus acharnés des séditieux achetèrent une grande quantité de raisins, et s'assirent pour les manger sur la place publique de l'*Alhambra* où devaient passer Leurs Altesses, afin d'exciter leur pitié en les rendant témoins d'une misère qu'ils attribuaient *au barbare qui les avaient soumis sans cesse au pénible travail des mines, sans jamais leur donner aucun salaire !* Bientôt le monarque ne put songer à sortir de son palais, sans être subitement entouré par ces mendiants déguenillés dont les cris demandaient vengeance contre Colomb, en même temps qu'ils réclamaient la paie. Les fils de l'illustre navigateur devinrent également l'objet de leur mépris :

« *Les voilà*, disaient-ils en les montrant du doigt, *les fils de ce Christophe maudit, de celui qui est allé découvrir une terre de fausseté et de mensonge, pour y faire mourir de misère les gentilshommes castillans.* »

Ferdinand ne tarda pas à ajouter foi à toutes ces

calomnies ; la reine elle-même, qui avait jusque-là couvert Christophe d'une protection si bienveillante et si fidèle, se laissa circonvenir par les haineuses menées des membres du bureau maritime, et comme son mari, elle subit l'influence de la masse. Aussi, ne sut-elle pas mettre en doute le reproche adressé au vice-roi des Indes, de s'être joué de la liberté des naturels en faisant don à chaque Castillan d'un certain nombre d'insulaires destinés à être vendus sur le marché. Atteinte dans sa foi, plus encore que dans son autorité, Isabelle ne put contenir son indignation :

« *De quel droit*, s'écria-t-elle, *l'Amiral des Indes dispose-t-il de ma propriété ? Qui lui a permis de se servir de mes sujets pour faire ses libéralités ?* »

Mais rien ne fit autant d'impression sur son esprit prévenu, que l'arrivée à Cadix de trois cents esclaves américains qui avaient été embarqués contre les ordres de Colomb, par la connivence des officiers subalternes. La souveraine qui avait tant recommandé à Christophe de ne point attenter à la liberté des Indiens, ne put apprendre sans colère combien il avait été tenu peu compte de ses insistances. Non-seulement elle en fit un crime à son ancien protégé, mais elle en conclut qu'il ne pouvait être innocent sur toutes les autres questions, et elle résolut de lui retirer toutes ses faveurs, après avoir menacé *de la peine de mort*, quiconque retiendrait un seul indigène en esclavage.

Si Isabelle avait agi avec moins de précipitation, elle eût évité bien des douleurs à notre héros, et se fût épargné à elle-même le reproche trop fondé d'ingratitude et d'injustice qui s'attacha à sa glorieuse mémoire.

Les éclaircissements qu'elle eût dû exiger et attendre, lui auraient appris que, malgré ses embarras, ses épreuves et sa détresse, Christophe avait toujours fait preuve d'équité et de sagesse ; et que sa sévérité était indispensable dans une colonie éloignée de tout pouvoir suprême. Elle aurait ensuite acquis la certitude que sa fermeté seule avait excité le mécontentement des indisciplinés, et que sa gloire était l'unique cause de la jalousie des gentilshommes ; enfin, elle aurait connu les plus beaux projets de Colomb qui ne demandait plus que trois ans pour augmenter de soixante millions les revenus de la couronne, et pour soumettre une foule de peuples à la domination de Castille et au joug sacré de l'Évangile.

Cependant les ennemis de Christophe témoignaient d'une haine toujours croissante, et le Conseil Royal décida qu'un juge serait envoyé à l'île Espagnole, pour y contrôler encore une fois les actes de Christophe, et pour le destituer de tous ses pouvoirs, dans le cas où il serait reconnu coupable sur quelque point. Le second choix que fit la Cour à cet effet ne fut pas plus heureux que ne l'avait été le premier, car il se fixa, non sur un magistrat compétent, mais sur un simple commandeur de l'*Ordre de Calatrava*, homme aussi ambitieux que violent et cupide. Le 30 mai 1499, cet élu, *François de Bovadiglia*, reçut à Madrid toutes les instructions nécessaires à l'enquête dont il était chargé, avec les titres de gouverneur et d'intendant général de la Justice ; puis, à la fin de juin, il mit à la voile pour Saint-Domingue, où il arriva le 25 août.

Pendant que s'accomplissaient ces événements, l'explorateur du Nouveau-Monde poursuivait paisiblement son œuvre. Quelques semaines lui avaient suffi pour ouvrir dans l'île Espagnole une ère de prospérité, de sécurité et de gloire. Les révoltes étaient apaisées ; l'autorité du chef s'était fait respecter par les Castillans et par les Indiens préparés au baptême ; des constructions où le gouverneur avait déployé ses connaissances d'ingénieur et d'architecte, s'élevaient de toutes parts ; des routes étaient tracées ; d'arides terrains, défrichés et prêts à recevoir la semence ; de riches plantations s'épanouissaient autour de chaque demeure ; les troupeaux s'étaient accrus ; de nouvelles mines avaient été découvertes ; en un mot, l'avenir de la colonie se montrait sous d'heureux auspices, le produit d'Hispaniola pouvant alors s'évaluer à plus de cinq millions.

Tous ces faits auraient dû, ce semble, assurer à eux seuls le triomphe de Colomb sur ses détracteurs, mais la Providence ne permit pas qu'il en fût ainsi. Au moment de l'arrivée de Bovadiglia dans le port d'Isabelle, Christophe se trouvait à *la Conception* où il élevait une forteresse ; et Barthélemy essayait de pacifier le pays de *Xuacaragua*. La justice comme la loyauté, aurait donc exigé que leurs juges attendissent leur retour avant de s'acquitter de leur tâche ; mais ceux-ci étaient plutôt venus pour les condamner que pour leur permettre de

se justifier, et cette double absence fut au contraire mise
à profit pour leurs indignes projets.

A peine les caravelles avaient-elles été signalées, que
Don Diégo, chargé de remplacer ses frères, envoya
reconnaître les vaisseaux, Bovadiglia déclara avec insolence son nom et sa mission, et somma le vice-gouverneur
de lui remettre sans retard les clefs de la forteresse, ce qui
lui fut énergiquement refusé. Furieux de cette résistance,
le commandeur prit possession de la citadelle par surprise, et alla s'installer le lendemain dans la propre
maison de Christophe. Puis il fit publier à son de
tambour et de trompette, que Ferdinand l'avait envoyé
pour destituer le gouverneur de tous ses droits, et pour
accorder réparation à tous ceux qui avaient quelque grief
contre lui. Non content de cette initiative, il relâcha tous
ceux que Christophe avait fait mettre en prison, et les invita
à déposer leurs plaintes, et à révéler sans crainte tous les
actes de cruauté ou d'injustice dont ils se croyaient avoir été
victimes. Nul besoin de dire que tous ces rebuts de la société
saisirent avec empressement cette occasion de perdre leur
maître, et multiplièrent les accusations contre lui.

Le 25 août, Bovadiglia se rendit à l'église, où il entendit
la messe avec une grande ostentation de piété. Les saints
offices terminés, il remit à un notaire de sa suite, les
lettres patentes qui le constituaient gouverneur général
du Nouveau-Monde, et les lui fit lire à haute voix devant
le peuple assemblé ; puis, pour se rendre les gens de
guerre favorables, il publia un édit réglant la solde militaire et la paie des engagés ; enfin, pour attirer plus sûre-

ment tout le monde à son parti, il décréta au nom de son souverain, que la recherche de l'or dans les mines serait libre pendant vingt années, à la condition de payer à Ferdinand la vingtième partie des richesses que l'on pourrait extraire. Don Diégo s'étant permis quelques objections, « *je vous ferai connaître*, lui répondit brusquement le juge, *que Christophe et vous, vous devez m'obéir.* » En effet, quelques jours plus tard, il le faisait jeter en prison et charger de fers.

Dans le même temps, Colomb était sommé de revenir immédiatement à Saint-Domingue, et d'avoir à rendre compte de tous ses actes. Un religieux franciscain, *Jean de la Sera*, partit le 7 septembre pour *la Conception*, afin de remettre à Christophe la lettre de créance ainsi conçue de l'envoyé extraordinaire :

Don Christophe Colomb, notre Amiral de la Mer Océane, nous avons ordonné au commandeur François Bovadiglia, porteur de cette lettre, qu'il vous dise de notre part, certaines choses. C'est pourquoi nous vous prions de vouloir lui accorder votre crédit et de lui obéir.

Donné à Madrid, le 31 Mai de l'année 1499.

Signé : Moi le Roi — Moi la Reine.

Et par ordre de leurs Altesses : Michel Pervez d'Almanza.

Christophe Colomb lut avec une profonde douleur le message royal, mais il y puisa dans sa foi religieuse, la force d'accepter le calice et de se soumettre sans murmure. Plus sublime encore dans son infortune qu'il ne l'avait été dans son triomphe, il prit seul et résigné la route d'Isabelle. Plein de déférence pour celui qui, à ses yeux, représentait le monarque d'Espagne, il sollicita humblement à son arrivée, l'honneur de lui offrir ses hommages ; mais son ennemi lui fit répondre insolemment qu'il ne pouvait comparaître devant lui qu'en accusé, et à cet effet, donna l'ordre de le charger de chaînes. Toutefois, il ne put triompher de la résistance des soldats, qui accoutumés au respect et à l'amour dus à leur chef rendu à leurs yeux plus vénérable encore par ses malheurs, restèrent immobiles, comme si on leur eût commandé un sacrilège. Personne même parmi les séïdes, ne voulant remplir l'avilissante besogne de couvrir de livrées aussi ignominieuses les membres du héros dont le rêve était de rendre les âmes à la liberté du Christ, on allait renoncer à lui infliger ce suprême outrage, lorsque l'un de ses valets, celui qu'il avait peut-être comblé de plus de bienfaits, s'offrit pour s'acquitter de cette horrible tâche. A l'exemple de son Sauveur, l'Élu de Dieu tendit lui-même les bras au bourreau, et *Espinosa,* dont l'histoire a conservé le nom pour le livrer au mépris universel, n'eut qu'à river ses fers.

Privé de sa liberté, sans trésors, sans armes, sans crédit, sans aucun moyen d'action ; ne pouvant compter sur personne ; en butte à toutes les insultes et à tous les dédains, Christophe demeura un instant écrasé sous cette complication de maux. Devant l'ingratitude de la Cour, la malveillance de Ferdinand, l'injuste courroux d'Isabelle, son âme qui avait toujours terrassé l'effroi, connut alors l'épouvante et fut gagnée d'une tristesse mortelle. Son esprit frémit d'horreur à la pensée de son isolement et de son impuissance, et se voyant abandonné de tous, dépourvu de toute force exécutive, sentant sa vie et celle de ses frères à la merci d'intraitables hildagos, son héroïque vaillance défaillit. Mais Dieu eut pitié de ses cruelles angoisses ; la grâce vint à son secours, et bientôt il supporta l'épreuve avec une résignation qui devait rester à tout jamais le plus glorieux trait de son grand et beau caractère.

Enfermé dans le cachot de la forteresse, il subit pendant plusieurs mois l'instruction de son procès, au cours duquel tous ses ennemis, devenus ses accusateurs et ses juges, le chargèrent à l'envi des calomnies les plus odieuses. Objet de la dérision et de la fureur publiques, il entendait du fond de sa prison, les cris, les menaces, les railleries de ceux qui venaient chaque soir insulter à sa captivité ; et l'illustre prisonnier dut bientôt s'attendre à une exécution capitale ou à un assassinat ; mais ses persécuteurs se rappelant que leur victime était officier de la couronne d'Espagne, n'osèrent pas consommer leur œuvre par un tel crime, et décidèrent que Christophe serait honteusement expulsé de la colonie, et envoyé en Espagne à la justice ou à la merci du roi. Pendant un instant, ils purent croire leur triomphe bien compromis, car Barthélemy n'était pas revenu de Suragua, et l'on pouvait craindre qu'il n'armât ses partisans pour venger et délivrer ses frères ; mais Colomb lui fit dire qu'au nom de la fidélité aux rois catholiques, il le priait de ne fomenter aucune sédition, et de venir au contraire le rejoindre paisiblement afin de pouvoir aller ensemble soumettre leur cause au tribunal de Ferdinand. « *Notre ressource,* ajoutait-il, *est dans notre innocence. Nous serons menés en Espagne; qu'avons-nous à désirer de plus heureux, que la possibilité de nous justifier ?* »

Le préfet se rendit à ces conseils; toutefois, il ne mit le pied dans l'île espagnole, que pour être emprisonné à son tour, et pour subir, lui aussi, les plus indignes traitements; mais pour que Christophe n'eût même pas la consolation de jouir de sa présence, on le fit mettre au secret dans une autre prison que la sienne.

Un des favoris de Fonseca, *Alonzo de Villejo,* fut choisi par Bovadiglia pour faire connaître à Colomb la sentence qui le chassait de la colonie, et ordonnait son départ immédiat pour l'Espagne. Christophe, en le voyant entrer dans son cachot, ne douta pas que sa dernière heure ne fût venue et se troubla, non pas qu'il eût peur de la mort, mais parce qu'il redoutait de mourir sans avoir pu se défendre, *et éveiller en sa faveur la justice de l'incorruptible avenir.*

« *Villejo, où me conduis-tu,* » demanda-t-il d'une voix tremblante à son geôlier, soumis par devoir militaire, mais homme de cœur et loyal jusque dans son obéissance.

— « *Je conduis votre Seigneurie à bord de la Gorda qui va partir,* » répliqua celui-ci tout ému.

— « *Est-ce bien vrai, Villejo, ce que tu me dis là?* » insista Colomb qui doutait de cette assurance.

— « *Par la vie de Votre Seigneurie,* répondit Villejo attendri par le regard profond et interrogateur que fixait sur son visage l'infortuné vice-roi, *je jure que je la mène à la Gorda, et que la Gorda va 's'embarquer.* »

Colomb se sentit rassuré par le ton sincère de ce serment, et il se dirigea vers le vaisseau, écrasé sous le poids de ses fers, et poursuivi par les insultes d'une lâche populace; puis il s'apprêta à reprendre, enchaîné, la route qu'il avait ouverte au Nouveau-Monde.

CHAPITRE XXIII

Troisième retour en Espagne.

Lorsque le navire qui devait emmener Christophe fut sur le point de lever l'ancre, Bovadiglia donna l'ordre au capitaine, André Martin, de remettre ses prisonniers aussitôt leur arrivée à Cadix, entre les mains de l'évêque don Juan de Fonseca qui devait alors se charger de toute la procédure.

Le vaisseau était à peine sous voile que Jallejo, s'approchant avec respect du noble captif, lui proposa de lui enlever ses fers. Colomb se montra profondément sensible à cet acte d'humanité, mais il ne voulut pas compromettre le digne officier en acceptant son offre généreuse, et il préféra garder cette preuve de sa parfaite obéissance aux ordres de Leurs Majestés catholiques ! *C'est en leur nom,* dit-il, *que j'ai été chargé de fers ; je les garderai jusqu'à ce qu'ils me déchargent eux-mêmes, et je les garderai encore après,* ajoutait-il avec un sourire amer, *comme un monument de la reconnaissance accordée par les hommes à mes laborieux travaux.*

Fernand Colomb, ainsi que Las Cases, racontent que le Navigateur fut fidèle à cette résolution ; que toujours il garda ses chaînes suspendues sous ses yeux dans chacune de ses demeures, et que, dans son testament, il ordonna qu'elles fussent enfermées avec lui dans son cercueil, comme s'il eût voulu en appeler au Juge suprême de l'injustice de ses contemporains, et présenter au Ciel les preuves matérielles des misères de la terre.

La Providence qui voulait laisser à son Envoyé tout le mérite de ses cruelles épreuves, abrégea néanmoins pour lui les souffrances de la traversée ; un vent constamment propice poussa la caravelle, et tous les historiographes s'accordent à constater que jamais le retour des Antilles ne s'effectua en aussi peu de temps. Le 20 novembre 1500, *la Gorda* n'était plus qu'à quelques lieues de Cadix, et le capitaine s'apprêtait à prévenir de son arrivée l'évêque de Badazoz, lorsqu'un pilote qui avait pris en pitié l'infortuné Colomb, déserta en secret le navire, et alla porter à Isabelle une lettre dans laquelle le pauvre persécuté l'instruisait de tout ce qui s'était passé.

Ce message produisit sur toute la Cour l'effet d'un véritable coup de foudre ; personne ne s'était imaginé que Bovadiglia abuserait à ce point des pouvoirs qui lui avaient été accordés, et son abominable conduite excita l'indignation du monarque comme celle de ses courtisans. Un courrier fut immédiatement expédié à Cadix pour rendre les trois Pères à la liberté, en même temps qu'ils étaient priés de se rendre au plus vite à Grenade, et recevaient de la part des souverains une somme de deux mille ducats destinés à subvenir à leurs frais de voyage.

Les haines de partis ne traversent pas les mers : de Cadix à Séville ce ne fut qu'une explosion de douleur et de colère lorsque l'on vit ce vieillard, qui avait enrichi et glorifié l'Espagne de la découverte d'un monde nouveau, ramené dans sa patrie adoptive comme un vil criminel; tous comprirent, le déshonneur qu'infligeait à l'Espagne l'exécution d'un pareil crime, et les plus terribles menaces éclatèrent contre l'auteur d'un tel forfait.

Le 17 décembre, Colomb, suivi de Barthélemy et de Diégo, faisait son entrée au palais de Grenade. Une invisible émotion étreignit son âme à la vue de ses souverains ; à genoux devant eux, il resta un moment sans mouvement et sans voix ; mais le sentiment de son innocence lui rendit bientôt tout son courage. Se relevant avec dignité, il commença par se justifier des infâmes calomnies de ses adversaires; puis il s'étendit longuement sur la droiture de ses intentions, sur le zèle dont il avait toujours fait preuve au service de Leurs Altesses, sur le témoignage rendu par sa conscience que s'il avait manqué en quelque point, c'était faute de connaissance ; enfin il dévoila toute la malignité de ses ennemis et leur évident désir de le perdre n'importe à quel prix dans l'esprit du peuple et dans celui de Leurs Majestés.

La reine ne lui répondit que par ses larmes, ne voulant même pas examiner le procès du serviteur fidèle qu'elle avait si outrageusement méconnu, tandis que le roi l'assurait de tous ses regrets et de toute son estime, et s'engageait à punir sévèrement les coupables. Mais cette réhabilitation ne suffit pas à l'Ambassadeur de Dieu qui voulut se prémunir contre de nouvelles attaques et demanda respectueusement à Ferdinand une approbation écrite de tous ses actes. La lettre qui lui fut alors octroyée était ainsi conçue :

Soyez certain qu'en apprenant votre emprisonnement, nous avons éprouvé un véritable déplaisir, ce que vous avez bien pu voir, puisque, aussitôt que la nouvelle nous en est parvenue, nous avons donné ordre que vous fussiez élargi. Vous savez que nous avons toujours commandé que l'on vous traitât de la façon la plus honorable. Aujourd'hui plus que jamais, nous sommes disposés à vous donner des témoignages de notre estime particulière, en vous assurant que toutes les grâces et concessions que nous vous avons précédemment accordées, vous sont confirmées dans la teneur pleine et entière du privilège qui vous a été délivré par nous, et dont vous devez jouir sans conteste par votre personne et par celle de vos fils. S'il était nécessaire qu'une nouvelle confirmation intervînt, nous la donnerions en ordonnant que vos enfants fussent de plein droit substitués à tous les honneurs et bénéfices dont nous avons cru devoir récompenser vos mérites.

Soyez, en outre, assuré qu'en aucun cas, nous n'oublierions de prendre soin de vos fils et de vos frères.

Signé : FERDINAND et ISABELLE.

Hélas ! cette entrevue de Grenade fut le dernier beau jour et la dernière joie de Christophe. Les souverains d'Espagne avaient compté dans leurs promesses, sans le système de concessions que les ennemis de Colomb allaient habilement leur faire adopter, système qui devait être encore plus funeste à leur rival, que ne l'avait été celui de leurs révoltes et de leurs plaintes.

Christophe qui s'attendait à repartir justifié et triomphant pour l'île espagnole, ne fut pas choisi pour remplacer Bovadiglia destitué. La politique ombrageuse de Ferdinand s'accommodait mal de la gloire dont s'était couvert le héros, et, dans la rancune de sa jalousie et de son orgueil, il regretta de l'avoir lui-même élevé aussi haut. Cédant aux conseils de l'indigne Fonseca, il résolut d'interdire l'accès d'Hispaniola au fondateur de cette colonie, et n'eut pas de peine à convaincre Isabelle affaiblie par la maladie et par l'âge, de la prétendue prudence qui motivait cette décision. En vain, Christophe allégua-t-il les droits, qui, dès le début de son entreprise, lui avaient été conférés, tant à lui qu'à sa famille ; en vain se plaignit-il de la nouvelle injustice dont il était victime, la Cour demeura sourde à ses accents, et décerna le titre de gouverneur de Saint-Domingue à *Don Nicolas de Ovando.* Ce dernier avait toutes les qualités qui font l'homme intègre, mais non pas la grandeur d'âme qui fait l'homme généreux ; c'était un de ces caractères pour lesquels tout est étroit, même le devoir, et chez qui l'honnêteté ressemble à de la parcimonie ; et, en affectant dans la suite une conduite tout opposée à celle du Gênois, il commit souvent de grandes fautes. Néanmoins son départ ressembla à un véritable triomphe. Le 13 février 1502, dix gardes à cheval, douze gardes à pied, une foule d'officiers de haut rang, conduisirent Ovando au port de Cadix, où l'attendait la flotte la plus considérable envoyée par la Castille aux Indes occidentales. Trente-deux vaisseaux, ayant à bord plus de deux mille cinq cents personnes, saluèrent l'arrivée du nouveau gouverneur, qui fit lever les ancres au bruit des acclamations enthousiastes de la foule. A l'heure où s'accomplissait ce glorieux départ, Christophe Colomb, enfermé dans une cellule de moine chez les Franciscains de Zulia, alignait des chiffres sur une feuille de papier, et se livrait à un absorbant calcul. L'injustice dont il était l'objet, les regrets d'être retenu à Grenade, sa douleur de voir un autre recueillir ce qu'il avait semé au prix de tant de travaux et de peines, n'avaient pas ralenti son zèle. Après avoir découvert au cours de sa troisième expédition, la *Trinité,* le *golfe de Paria,* la *côte de Cumana,* les *îles Tabago, Grenade, Margarita* et *Cubaga,* il rêvait encore d'autres conquêtes et préparait une quatrième entreprise.

Ovando avait à peine quitté les côtes espagnoles, qu'une

violente tempête dispersa sa flotte, fit périr un de ses plus grands vaisseaux avec cent cinquante hommes, et le contraignit à relâcher aux îles Canaries. Il fit ensuite voile vers Gomère où il prit le commandement des caravelles les plus légères et abandonna les autres à un de ses capitaines, Antonio Torrez. Le 15 avril, il jetait l'ancre devant Saint-Domingue, appelé par les vœux ardents de toute la colonie qui gémissait sous le joug de fer que lui avait imposé Bovadiglia. Cet indigne gouverneur n'avait, en effet, cherché à affermir sa domination que par des moyens illicites et cruels. Tous les sages décrets de Christophe avaient été annulés, et chacun put vivre à sa guise et se livrer à l'existence la plus effrénée. Tandis que son prédécesseur avait cherché à protéger les pauvres Indiens contre les vexations des Espagnols, lui au contraire les abandonna à la merci de ses compatriotes, et fit même faire le recensement de ces malheureux pour les partager entre ses partisans. On ne saurait lire sans horreur le récit des traitements barbares auxquels les infortunés indigènes furent alors assujettis, ce fut avec une implacable rigueur qu'on les astreignit aux travaux des mines, et bientôt l'excès de fatigue joint à la dureté des piqueurs, décima les naturels dont la faible complexion ne pouvait se prêter à de telles exigences.

L'arrivée d'Ovando fut donc saluée par la population d'Ispaniola comme une véritable délivrance. Bovadiglia s'attendait à un débarquement plus tardif, mais il vint néanmoins recevoir sur le rivage celui qu'il savait être désigné pour son successeur, et le conduisit à la forteresse où les ordres de leurs Majestés Catholiques furent lus devant tous les officiers de la citadelle. Ovando fut universellement acclamé, et Bovadiglia renvoyé en Espagne avec l'instruction de son procès.

Aussitôt les Américains furent déclarés libres par la publication d'une ordonnance royale qui décrétait également qu'on paierait désormais au domaine royal la moitié de l'or que l'on tirerait des mines, et que pour le passé on s'en tiendrait au tiers, suivant le règlement de Christophe. Mais cette nouvelle loi ne fut pas plutôt mise à exécution, que l'extraction des métaux cessa tout d'un coup. Toutes les offres que l'on fit aux insulaires n'eurent sur eux aucun pouvoir, lorsqu'ils se virent assurés qu'on ne pouvait plus les contraindre à ce pénible travail; tous préférèrent une vie tranquille dans leur première simplicité, à la fatigue de recueillir des biens dont ils ne faisaient aucun cas; et les Espagnols eux-mêmes furent révoltés qu'on fût obligé de payer aux souverains la moitié des richesses qui coûtaient tant de dépenses et de peines. Néanmoins, une partie des Castillans arrivés récemment, s'offrirent pour remplacer les naturels, mais ils ne tardèrent pas à s'en repentir. La plus facile besogne était faite, et il fallait déjà creuser bien loin pour trouver un peu d'or; de plus ils manquaient d'expérience, et la maladie se joignant au labeur pour les affaiblir, ils renoncèrent à une entreprise qui les accablait sans les enrichir. Il fallut donc recourir à de nouveaux règlements qui n'obtinrent pas beaucoup plus de succès.

Tandis que Ferdinand regrettait déjà l'inique mesure qu'il avait prise à l'égard de Christophe, celui-ci, loin de s'autoriser de l'infidélité du monarque à ses plus formels engagements, pour manquer lui-même aux siens, ne songeait, au contraire, qu'à augmenter encore la gloire du pays au service duquel il avait consacré sa vie. *L'homme,* disait-il souvent, *est un outil qui doit se briser à l'œuvre dans la main de la Providence. Aussi longtemps que peut le corps l'esprit doit vouloir,* et conformant sa conduite à cette courageuse maxime, il se livrait chaque jour à de nouvelles études et concevait de nouveaux projets. Bien qu'il approchât de sa soixante-dixième année, sa verte vieillesse avait résisté par la vigueur de l'âme aux atteintes du temps ; et ni l'ingratitude de l'Espagne, ni les nombreuses épreuves subies, ni les incertitudes de l'avenir, ne purent ébranler sa résolution de chercher à poursuivre son œuvre. A ses yeux, sa mission n'était pas achevée ; et ne s'arrêtant à aucun motif humain, n'espérant ni reconnaissance de la Cour, ni justice de l'opinion, il ne désira reconnaître d'autres rivages que pour avoir la consolation d'y planter l'Arbre du Salut.

« Cet homme destitué par le gouvernement, (lisons-nous dans les pages du comte de Lorgues) délaissé des puissants, méconnu de tous, n'oublie point son mystérieux office dans les desseins d'En-Haut sur l'humanité. Il sait, et il le dit, que Dieu l'a fait *le Messager d'une terre nouvelle et de nouveaux cieux ;* il a été ainsi couronné de gloire et mis au-dessus de toute récompense terrestre. L'ambition d'un mortel ne saurait aspirer plus haut. Colomb n'aurait maintenant qu'à jouir du fruit de ses travaux, qu'à se délecter dans un repos si péniblement acquis; son âge, ses services, ses souffrances, le ressentiment de ses plus secrètes blessures le lui demandent; mais le serviteur de Dieu n'a pu encore s'assurer complètement les moyens d'affranchir le Saint-Sépulcre, et il ne sommeillera pas.

Il a certifié à la reine qu'au-delà du nouveau continent un vaste Océan étend ses espaces ; de nouvelles terres et de nouveaux peuples ignorent encore la venue du Sauveur, et il lui tarde de porter aussi chez eux le signe de la Rédemption. Au lieu de s'indigner en voyant que malgré sa vice-royauté, son titre de gouverneur perpétuel des Indes, on confie à un favori de Ferdinand l'administration qui lui appartient en propre, au lieu de consumer en réclamations contre cette injustice un temps que la vieillesse rend doublement précieux, il emploie ses heures à résumer les motifs qui doivent porter les rois à délivrer au plus tôt le tombeau du Christ, et rédige, uniquement pour le Souverain Pontife l'histoire de ses trois ambassades.

Le serviteur de Dieu, se sentant le légat naturel du Saint Siège dans les régions lointaines où l'appelait l'Apostolat n'avait pas craint, en effet, de s'adresser au Chef de l'Église et de le prier, comme chef de Mission catholique, de lui laisser choisir des coopérateurs. Il avouait en même temps au Saint Père que la grandeur du but qu'il avait en vue le délassait de ses fatigues, et qu'il tenait pour rien les labeurs, les dangers et les divers genres de mort qu'il avait affrontés, sans que le monde lui en eût la moindre reconnaissance.

Une seconde pensée, d'un ordre scientifique, inspirait les projets du navigateur. Dans son intuition des choses de la nature, Colomb s'était dit qu'au milieu du continent découvert, il trouverait un passage qui le conduirait aux Moluques.

Ce détroit, il en indiquait l'existence entre les deux grandes divisions de l'Amérique, à l'endroit même qu'a choisi la science moderne pour établir la communication des deux Océans, en perçant l'isthme de Panama. « Là, disait-il, avec assurance en montrant à la reine un des points de la carte géographique où il étudiait le globe, *là se trouve le détroit qui permettra de franchir en un temps relativement restreint l'énorme distance qui sépare les îles de l'Asie.*

Ce projet de circumnavigation ne pouvait manquer d'éveiller l'ambition des majestés catholiques, qui donnèrent carte blanche à Christophe pour les préparatifs d'une quatrième expédition.

CHAPITRE XXIV

Dernières découvertes.

Encore une fois, l'Ambassadeur de Dieu se vit arrêté par le mauvais vouloir des bureaux de la marine qui apportèrent, comme toujours, peu d'empressement à exécuter les ordres des Souverains. Le Révélateur du globe dut parcourir lui-même les tavernes et les boutiques pour se procurer les approvisionnements de deux années, et ce fut à grand'peine qu'il put constituer un équipage de cent cinquante hommes. Son frère Barthélemy et son second fils, Fernando, alors âgé de treize ans, obtinrent de Ferdinand la permission de l'accompagner, ainsi qu'un saint religieux franciscain, le Père Alexandre qui fit partie de l'expédition, à titre d'aumônier de l'escadre. Celle-ci se composait de quatre caravelles : *Saint Jacques de Palos, le Gallicien, la Biscaïenne* et *la Capitane*, petits vaisseaux de modeste apparence, mais particulièrement propres à naviguer sur les côtes, et à entrer sans danger dans les anses et dans les embouchures de fleuves que l'on se proposait d'explorer.

La flotte était depuis quelque temps déjà retenue dans la rade de Cadix par une forte brise d'Orient, lorsqu'une embarcation portugaise lancée sur les rivages espagnols, annonça que la forteresse d'Arcilla, située au nord de l'Afrique, était attaquée par les Maures. A cette nouvelle Colomb n'écouta plus que son désir de porter secours aux assiégés, et le 9 mai 1502, il arbora son pavillon snr la *Capitane*, et fit sonner le départ.

La Providence ne pouvait tarder à seconder les charitables efforts de son élu; les ancres n'étaient point levées qu'un vent favorable enfla les voiles des navires dont le seul aspect mit en fuite les hordes musulmanes. Le 20 mai, ils relâchèrent à la *Grande-Canarie;* le 15 juin, les flots agités les poussèrent vers la *Martinique*; le 24, du même mois, ils gagnèrent l'île de *Saint-Jean*, et le 29, ils arrivèrent devant *Saint-Domingue*. Suivant le conseil même de la reine, Christophe s'était promis de ne plus fouler le sol dont il avait été si honteusement chassé; mais forcé de reconnaître la défectueuse construction du *Gallicien* qui tenait mal la mer et retardait à tout instant la marche de la flottille, il résolut de cingler vers *Hispaniola*, dans l'intention d'échanger le mauvais voilier contre un des trente-deux bâtiments dont le départ pour l'Espagne allait s'effectuer.

Le gouverneur auquel il fit demander l'autorisation d'entrer dans le port, la lui refusa avec impudence, *craignant*, prétexta-t-il, *que sa présence ne causât quelque*

trouble dans la colonie. Colomb ressentit douloureusement le coup de cet outrage (1), mais refoulant au
fond de son cœur l'indignation provoquée par la
conduite de son rival, il voulut répondre par un bienfait
au nouvel affront qu'il venait de recevoir. Averti plus
encore par une inspiration céleste que par son expérience
de la mer, de la menace d'une effroyable tempête, il
envoya vers son ennemi l'un de ses capitaines, Pierre de
Terreros, afin de l'avertir du danger, et de l'engager à
différer le départ de sa flotte. Mais Dieu, dans sa justice,
permit que de Lorès demeurât sourd à ces avertissements
qu'il accueillit avec ironie ; les conseils de Christophe
furent traités de chimères ; lui-même fut regardé comme
un fou, un radoteur et un misérable diseur d'horoscopes ; et
l'on poussa la cruauté jusqu'à lui renouveler la défense
de débarquer, l'abandonnant ainsi à la merci de l'ouragan
qu'il avait osé prédire.

De nouveau proscrit du pays qu'il avait découvert,
l'illustre navigateur dut chercher un refuge dans les
falaises écartées de l'île, pendant que la flotte qui devait
porter en Espagne, avec un grand nombre de passagers,
les immenses richesses des Indes, déployait impru-
demment toutes ses voiles. A peine avait-elle franchi
quelques lieues, que tous les éléments se déchaînèrent
sur les vaisseaux, dont vingt-six périrent corps et biens,
sans qu'il fût possible de sauver un seul homme. Le

---

(1) Qui depuis Job, s'écria-t-il amèrement, ne serait mort de désespoir
en voyant que bien qu'il y allât de ma vie, de celle de mon fils, de mes
frères et de mes amis, il nous interdisait la terre et les ports découverts
au prix de mon sang ?

beau grain d'or dont tous les marins avaient vanté la découverte, disparut également dans les flots, et l'on put évaluer à plus de dix millions, la quantité d'or et de pierres précieuses qu'engloutit alors l'Océan. Le capitaine général Antoine de Terrez, le commandant François de Bovadilla, le fameux Roldan et la plupart des persécuteurs de Christophe, furent comptés parmi les naufragés; et de tous les navires en partance, seul le plus vieux et le plus frêle, *l'Aiguille*, choisi à dessein pour porter les débris de la fortune du Génois, demeura en état de poursuivre sa route vers la Castille. Ainsi fut anéanti en l'espace de quelques heures, le produit de tant de tyrannie et de violence, comme si le Ciel avait voulu venger par la perte de tous ces trésors, le sang de tant de malheureux que l'on avait impitoyablement sacrifiés pour les acquérir, et ne laisser aux Européens que le souvenir de leurs crimes.

Cet événement qui plongea dans la misère et le deuil plus de cinq cents familles, répandit la consternation et la terreur dans les deux mondes. On commença par n'y voir que l'exécution d'un arrêt prononcé par la Divine Justice, contre les détracteurs de Christophe; mais lorsque l'on apprit que la flottille de ce dernier était sauvée, chacun cria au miracle, et tous protestèrent contre le mépris et la haine dont le héros avait été si injustement l'objet. En effet, par une de ces merveilles dont se sert parfois la Providence pour manifester la puissance de sa protection, le désastre avait épargné les fragiles esquifs de Colomb. Trois d'entre eux avaient été, il est vrai, ballotés pendant un moment sur les vagues en courroux, mais après avoir couru un redoutable danger, elles avaient pu se rallier au voilier de Christophe, qui était demeuré immobile au milieu des rafales de la tourmente.

Le dimanche suivant, les caravelles réunies gagnèrent la côte méridionale de l'île et s'arrêtèrent dans le port dit d'*Azua*, pour permettre à l'équipage de prendre un peu de repos. Le 14 juillet 1502, elles levèrent l'ancre et cinglèrent vers le Sud ; mais dès le lendemain, une violente bourrasque les assaillit et elles durent précipitamment se réfugier dans la rade de *Gioachemo*. Aussitôt le calme rétabli, le Génois donna de nouveau le signal du départ ; le 30 juillet il reconnut l'île *Guanaja,* et le 14 août, il aborda au cap *Honduras,* cette langue de terre qui, prolongée par l'isthme de Panama, réunit les deux continents. Pour la seconde fois, Colomb accostait donc sans le savoir, la véritable terre américaine. Il envoya au rivage son frère Barthélemy accompagné de quelques hommes, afin d'explorer le pays ; comme les marins s'approchaient de la côte, ils rencontrèrent une grande barque indienne, taillée d'une seule pièce dans un tronc d'arbre, et dont la construction était bien plus ingénieuse que celle des bâtiments jusqu'alors trouvés chez les sauvages. Cette embarcation montée par vingt-cinq hommes et présentant une largeur de trois mètres, avait dans le milieu une sorte de pavillon couvert de feuilles de palmiers, analogue à celui des gondoles de Venise si bien disposé et si sûrement clos, que ni la pluie ni l'eau de la mer ne pouvaient mouiller les choses qui y étaient abritées. Sous cette sorte de tente se tenaient des enfants et des femmes. On fit force rames pour les atteindre; mais quoique armés, ils ne songèrent nullement ni à s'échapper ni à se défendre, et se laissèrent emmener aux navires sans la moindre résistance. Leur chargement même put être examiné par les Européens sans aucune difficulté; et ceux-ci échangèrent facilement leurs plus vulgaires hochets contre les objets qui leur parurent les plus curieux, notamment des espèces de camisoles de coton sans manches, ornées de broderies et peintes de diverses couleurs; des tabliers du même travail; de longs voiles dont s'enveloppaient les indiennes, à la manière des mauresques de Grenade, des épées de bois cannelé; des couteaux de silex aussi tranchants que nos rasoirs, et d'autres outils faits d'un cuivre excellent.

Ces gens étaient assez semblables à ceux des autres îles, toutefois ils avaient le front un peu plus développé; comme aliments ils se servaient des mêmes racines et des mêmes grains; mais ils avaient en outre certaines amandes auxquelles ils paraissaient attacher beaucoup de prix, et une boisson composée de maïs bouilli, rappelant le goût de la bière d'Angleterre. Leurs mœurs étaient pacifiques et pures, aussi Christophe les traita-t-il avec douceur et bonté, et leur rendit-il la liberté, dès qu'il eut obtenu d'eux tous les renseignements qui pouvaient lui être utiles pour se rendre compte de l'état du pays, et pour entrer en relation avec les indigènes.

Christophe revint ensuite à son projet de découvrir le

détroit par lequel il espérait pouvoir passer dans la mer Méridionale ; en conséquence il continua sa route vers l'Est, mais il se vit brusquement arrêté par de tels coups de vent, que lui, le plus vieux marin de ses équipages, avouait n'en avoir jamais rencontré de pareils. Pendant soixante jours consécutifs, une épouvantable tempête ne cessa de mugir et de soulever les flots, l'empêchant ainsi d'avancer et le ballottant d'un cap à l'autre, sur les bords inconnus de cette Amérique dont la nature semblait s'acharner à lui disputer la conquête. Enfin, au bout de deux mois, la mer parut se faire un peu plus clémente, et après avoir courageusement lutté contre tous les courants la flotte aborda un promontoire auquel Colomb donna le nom de *Grâce-de-Dieu,* par reconnaissance pour la faveur divine qui lui avait permis d'y aborder, et aussi à cause de l'admiration provoquée par les richesses du pays auquel le cap donnait accès. Toutefois, si grande que fût l'envie des marins d'aller en constater et en recueillir les trésors, le Navigateur ne crut pas devoir se rendre à ce désir, et continua à poursuivre le but de son voyage. Mais on eût dit que l'Océan s'obstinait à lui fermer la route des Indes, car les éléments se déchaînèrent avec plus de violence que jamais sur son escadrille. Voici dans quels termes, sa lettre au roi d'Espagne raconte ce terrible épisode :

Pendant quatre-vingts jours, les flots continuèrent leurs assauts, et mes yeux ne virent ni le soleil, ni les étoiles, ni aucune planète ; mes vaisseaux étaient entr'ouverts ; mes voiles rompues ; les cordages, les chaloupes, les agrès, tout

*était perdu; mes matelots, malades et consternés, se
livraient aux pieux devoirs de la religion; aucun ne
manquait de promettre des pèlerinages, et tous s'étaient
confessés, craignant d'un moment à l'autre de voir finir
leur existence. J'ai vu beaucoup d'autres tempêtes, mais
jamais d'aussi longues et d'aussi violentes. Beaucoup des
miens qui passaient pour des marins intrépides, perdaient
courage.*

*J'étais malade, et plusieurs fois, je vis l'approche
de mon dernier moment....*

Ces quelques lignes n'indiquent-elles pas de quelles
suprêmes douleurs était remplie l'âme du Génois?
Cependant au milieu de tant d'inquiétudes et de périls,
il sut conserver le calme nécessaire à un chef d'expédition. Pendant toute la durée de la tempête, les navires
longèrent la côte qui porte successivement les noms de
Honduras, de *Mosquitos,* de *Nicaragua,* de *Costa-Rica,*
de *Jeragua* et de *Panama.* Les douze îles *Limouares*
furent l'une après l'autre reconnues; le 5 octobre on
releva la baie de l'*Almirante,* et le 15, on faisait relàche
en face de *Cariay.*

Colomb se crut alors arrivé non loin de l'embouchure
du *Gange,* et les naturels le confirmèrent dans cette
opinion, en parlant avec enthousiasme d'une certaine
province de *Ciguare,* entourée par la mer. Ils préten-
daient également que la contrée renfermait d'abondantes
mines d'or, dont la plus importante était située à vingt-
cinq lieues vers le Sud. Christophe résolut de s'y rendre

sans retard, et commença à suivre la côte boisée de *Jeragua.* Le 26 novembre, la flottille entra dans la rade d'*El-Retrete,* et elle ne quitta ce port que pour essuyer le premier orage Océanique dont elle ait jamais été témoin.

Malgré son expérience et l'étendue de ses connaissances maritimes, Christophe ignorait ce que l'on sait aujourd'hui, c'est-à-dire, que sous la ligne équatoriale, tous les phénomènes météorologiques atteignent un degré d'intensité particulier à ces parages, et que dans le voisinage du grand courant de l'Océan, la portée des lames dépasse toute mesure. Nous trouvons dans le journal de l'Explorateur, l'expression de son invincible épouvante.

Pendant neuf jours, écrivait-il, *je restai sans aucune espérance de salut. Jamais homme ne vit une mer plus violente, ni plus terrible; elle était couverte d'écume; le vent ne permettait, ni d'aller en avant, ni de se diriger vers quelque cap; il me retenait dans cette mer dont les flots semblaient être de sang; son onde paraissait bouillir comme échauffée par le feu. Jamais je ne vis au ciel un aspect aussi effrayant; ardent pendant un jour et une nuit comme une fournaise, il lançait sans relâche la foudre et les flammes, et je craignais qu'à chaque instant les mâts ne fussent emportés. Le tonnerre grondait avec un bruit si horrible, qu'il semblait devoir anéantir nos vaisseaux; et peu après la pluie tomba avec une telle violence que nous pûmes nous croire en présence d'un nouveau déluge. Les matelots acculés par tant de peines et de tourments, appelaient la mort comme un terme à tant de maux, et moi-même je crus entendre sonner ma dernière heure.*

Nous laissons à la plume inspirée du comte de Lorgues, le soin de raconter ici l'incontestable prodige qui devait mettre fin à une aussi terrible situation.

« Comme si l'esprit de ténèbres, écrit l'illustre historien, eût réuni contre le Messager du Salut toutes les puissances de l'air, l'hostilité de ces différents souffles avait pris un tel caractère que les marins les plus éprouvés en étaient démoralisés. Pour comble d'infortune, Colomb dont les anciennes blessures s'étaient rouvertes, tomba si dangereusement malade que, pendant neuf jours, on désespéra de sa vie. Ce fut au cours de cette sorte d'agonie, que survint le plus redoutable phénomène de l'Océan.

Tandis que les coups de foudre se succédaient, que l'air obscurci par de sinistres nuées était suffoquant, la mer sembla s'élever en montagne vers le ciel, à l'instant où du Zénith, une sombre colonne d'eau descendait en tourbillon, comme cherchant à la rejoindre. Un âpre sifflement précédait l'haleine fatale qui poussait à s'unir ces deux monstruosités de l'atmosphère et de l'Océan. Soudain, elles se confondirent dans un effroyable embrassement, et d'une marche satanique, elles vinrent sur les caravelles, en ce moment séparées les unes des autres, et disparaissant tour à tour dans le sillon des vagues creusées en abîme.

A cet aspect, un cri de désespoir poussé par les équipages, arriva jusqu'à Christophe. Le moribond tressaillit comme galvanisé ; il se dressa sur son séant et vit la chose alors sans nom qui approchait. Il n'essaya aucun commandement de manœuvre, car les navires ne gouvernaient plus. Le navigateur n'avait plus rien à faire ; la science nautique étant devenue inutile. Mais le disciple intrépide du Verbe, le Messager de l'Évangile, restait avec sa foi. Incontinent, il ceint son épée par-dessus son cordon de religieux ; fait allumer dans les fanaux deux cierges bénits, et ouvrant l'évangile de saint Jean, notifie au typhon *qu'au commencement était le Verbe ; que le Verbe était en Dieu et que le Verbe était Dieu.* Alors, de par ce Verbe divin dont la parole calmait les vents et apaisait les flots, Christophe Colomb commande impérieusement à la trombe d'épargner ceux qui, enfants de Dieu, s'en vont porter la Croix aux extrémités de la terre, et naviguent au nom trois fois saint de la Trinité.... Puis il trace dans l'air avec le tranchant de son épée, le signe de la croix, et décrit un cercle acéré comme s'il coupait la trombe.... O prodige !... la masse humide qui marchait vers les caravelles, attirant les flots avec un noir bouillonnement, parut poussée obliquement... s'éloigna rugissante, et alla se perdre dans la tumultueuse immensité des plaines atlantiques.... »

La nouvelle année, c'est-à-dire le 1er janvier 1503, trouva les explorateurs dans les mêmes parages ; de temps à autre, on atterrissait, et le 6, jour des Rois, l'ancre fut jetée à l'embouchure d'un fleuve que Christophe nomma *Bethléem*, en souvenir de l'Adoration des Mages. Le lendemain la tempête recommença, et le 24, sous un gonflement subit du fleuve, les câbles des bâtiments se rompirent, les mettant ainsi dans le plus grand péril. D'autres tourments avaient précédé cet effroi; la soif et la faim torturaient à l'envi les infortunés marins; ce qui restait de vivres était corrompu, et personne ne pouvait plus recourir aux biscuits à cause de la quantité de vers qui en sortaient. Ce surcroît de détresse acheva d'abattre le moral et d'épuiser le physique des Espagnols; l'aumônier de l'escadre, le P. Alexandre, succomba le premier à tant de maux; tous les matelots tombèrent malades; et n'en pouvant plus lui-même de souffrance, de lassitude et de tristesse, Christophe s'affaissa sur le pont, et au bruit lugubre de la houle, s'endormit profondément.

Mais Dieu n'avait permis ce sommeil, que pour relever, par une lumineuse vision, le courage de son Élu. C'est Christophe lui-même qui raconte en ces termes, la miraculeuse faveur dont il fut alors l'objet.

Terrassé par tant de misères, dit-il, *je m'étais endormi, lorsque j'entendis une voix tenant du reproche et de la pitié, m'adresser ces consolantes paroles :*

— O insensé! pourquoi tant de lenteur à croire et à servir ton Dieu, le Dieu de l'univers? Que fit-il de plus pour Moïse et pour David son serviteur? Depuis ta naissance, n'a-t-il pas eu pour toi la plus tendre sollicitude? et lorsqu'il te vit dans un âge où t'attendaient ses desseins, n'a-t-il pas fait glorieusement retentir ton nom sur la terre? Les Indes, cette partie si riche du monde, ne te les a-t-il pas données? Ne t'a-t-il pas rendu libre d'en faire l'hommage suivant ta volonté? Quel autre que lui te prêta les moyens d'exécuter ses projets? Des liens défen-

daient l'entrée de l'Océan ; ils étaient formés de chaînes que l'on ne pouvait briser ; il t'en donna les clés. Ton pouvoir fut reconnu dans les terres éloignées, et ta gloire fut proclamée par tous les chrétiens. Dieu se montra-t-il plus favorable au peuple d'Israël lorsqu'il le retira de l'Égypte ? Protégea-t-il plus efficacement David, lorsque, de pasteur, il le fit roi de Judée ? Tourne-toi vers lui, et reconnais ton erreur, car sa miséricorde est infinie. Ta vieillesse ne sera pas un obstacle pour les grandes choses qui t'attendent : il tient dans ses mains les plus brillants héritages. Abraham n'avait-il pas cent ans, et Sarah n'avait-elle pas déjà dépassé la première jeunesse, lorsque Isaac naquit ? Tu appelles un secours incertain ; réponds-moi : qui t'a exposé si souvent à tant de dangers ? Est-ce Dieu ou le monde ?... Les avantages, les promesses que Dieu accorde, il ne les enfreint jamais envers ses serviteurs. Ce n'est point lui qui, après avoir rendu un service, prétend que l'on n'a pas suivi ses intentions, et qui donne à ses ordres une nouvelle interprétation ; ce n'est point lui qui s'épuise pour donner une couleur avantageuse à des actes arbitraires. Ses discours ne sont point détournés ; tout ce qu'il promet, il l'accorde avec usure. Il fait toujours ainsi. Je t'ai dit tout ce que le Créateur a fait pour toi ; en ce moment il te montre le prix et la récompense des peines et des périls auxquels tu es en butte pour le service des autres. Espère ; prends confiance ; tes travaux seront gravés sur le marbre, et ce sera avec justice.

L'histoire, en effet, comme le fait remarquer l'écrivain Joriaud, a écrit sur le marbre les tribulations du grand homme; et au milieu de l'impérissable souvenir de ses malheurs, elle a conservé cette page, admirable monument de sa confiance et de sa foi.

Ainsi réconforté par ce secours qu'il se plaisait à regarder comme vraiment surnaturel, l'Ambassadeur de Dieu reprit à cœur sa grande mission. Le cacique de Bethléem lui ayant signalé à cinq lieues du fleuve, l'existence de mines d'or très abondantes, il expédia vers le pays indiqué un détachement de soixante-dix hommes, sous la conduite de son frère. Après avoir franchi un sol très accidenté et coupé par des rivières tellement sinueuses que l'une d'elles dut être traversée trente-deux fois pendant le trajet, les Espagnols atteignirent les terrains aurifères. Ceux-ci étaient immenses et s'étendaient à perte de vue. L'or y était tellement répandu, qu'un homme seul pouvait en recueillir une mesure dans l'espace de dix jours. Quatre heures suffirent à Barthélemy et à ses compagnons pour en ramasser une quantité représentant une somme énorme. Colomb, émerveillé de ce résultat, oublia Cuba et Saint-Domingue, et attiré par une aussi incomparable richesse, il résolut de faire construire des baraques en bois et de s'établir sur la côte.

Les Européens travaillaient avec une infatigable ardeur à entasser sur leurs vaisseaux les trésors de la région nouvellement découverte, lorsque le chef des indigènes, irrité de cette usurpation des étrangers, se promit de les massacrer et de brûler leurs habitations. La guerre éclata entre cette poignée d'Espagnols et le peuple nombreux de ces rivages, et une bataille sérieuse fut livrée. L'avantage resta aux compagnons de Colomb qui, voulant donner un exemple aux Indiens, donna l'ordre à Barthélemy de s'emparer du cacique, comme de ses principaux affidés et de les emmener en Castille, plaçant de ce fait le pays sous la domination de Ferdinand.

Le Génois, pensant avoir suffisamment assuré la tranquillité du pays, songea à quitter la côte et mit à la voile le jour de Pâques. Mais à peine fut-il engagé de trente lieues en mer, qu'une voie d'eau se déclara dans l'un des navires qui fut abandonné dans le port de *Porto-Bello*. La flottille ne se composait donc plus que de deux caravelles, sans chaloupes et presque sans provisions, et dans cette épouvantable détresse, l'on dut songer à retourner vers Saint-Domingue, non sans avoir encore reconnu le groupe des *Mulatus* et pénétré dans le golfe de *Darien*. Ce fut le point extrême atteint dans l'Est par le grand Explorateur qui, le 1er mai, donna l'ordre de remonter la côte. Le 10, il était en vue des îles *Caïmans*, mais il ne put triompher des vents qui le repoussèrent dans le Nord-Ouest jusqu'auprès de Cuba. Là, dans une tempête, au milieu des bas-fonds, il perdit ses voiles et ses ancres.

Tous mes agrès, écrit-il lui-même, étaient perdus; mes vaisseaux étaient percés de trous plus qu'un rayon d'abeilles; mes équipages complètement démoralisés ne pouvaient plus vaincre l'eau, bien que l'on travaillât incessamment aux pompes. Déjà l'eau montait sur le

16

tillac, lorsque Notre-Seigneur me conduisit miraculeuse-
ment à terre.

En effet, l'ouragan le rejetant dans le Sud, il revint
avec ses bâtiments fracassés à la *Jamaïque*, où il
mouilla le 23 juin dans le port *San-Gloria*, devenu baie
de *Don-Christophe.*

Colomb essaya d'organiser la vie commune sur ces
rivages. Les Indiens lui vinrent d'abord en aide et four-
nirent aux équipages les vivres dont ils avaient besoin ;
mais peu à peu les mois s'écoulèrent ; les dernières
provisions finirent par s'épuiser ; les terreurs de l'avenir
se joignirent aux calamités présentes pour jeter le désespoir dans l'âme des naufragés, et Christophe n'eut
bientôt plus qu'une ressource, celle de faire connaître sa
triste situation au gouverneur d'Hispaniola, et de solliciter son secours. Mais cinquante lieues de mer séparaient la Jamaïque de l'île espagnole ; un canot de sau-
vetage était l'unique embarcation qui pût être mise à
flot, et la grande difficulté était de trouver un homme
assez dévoué pour lutter contre les dangers de l'océan
sur un simple tronc d'arbre creusé, et n'ayant qu'une
rame pour gréement.

Diégo Mendez, jeune officier de l'escadre de Colomb,
dont la grandeur d'âme avait déjà témoigné en plus d'une
circonstance de ce sublime oubli de soi-même qui fait les
héros et les martyrs, s'offrit une nuit à la pensée de
Christophe. Il le fit appeler en secret auprès de son lit
où le retenait la goutte, et lui dit :

« *Mon fils, de tous ceux qui sont ici, vous et moi,*

*nous comprenons seuls les dangers dans lesquels nous
n'avons en perspective que la mort. Un unique moyen nous
reste à tenter ; il faut qu'un seul s'expose à périr pour
nous sauver tous ; voulez-vous être celui-là ?...*

— *Monseigneur,* répondit modestement Mendez, *je
me suis plusieurs fois dévoué pour mes frères ; mais il en
est qui murmurent et qui prétendent que votre faveur me
choisit toujours, lorsqu'il y a une action d'éclat à entreprendre. Proposez donc demain à tout l'équipage la mission que vous m'offrez, et si nul ne l'accepte, je vous
obéirai.* »

L'équipage, interrogé le matin, déclara à l'unanimité
la folie d'un pareil dessein ; et seul, un Génois nommé
Fieschi s'offrit pour accompagner Mendez, lorsque
celui-ci, s'agenouillant devant Colomb, lui adressa ces
héroïques paroles :

*Monseigneur, je n'ai qu'une vie à perdre, mais je suis
prêt à l'exposer pour votre service et pour le salut de
tous. Je m'abandonne à la protection de Dieu.*

Le lendemain, les deux héros prenaient la mer, se
perdant bientôt dans les brumes de l'horizon, aux yeux
des Espagnols dont ils portaient la vie avec la leur.

Mais soit incrédulité, soit lenteur, soit attente secrète
de la ruine d'un rival trop grand, le commandant d'Isabelle laissa, sous divers prétextes, s'écouler les jours et
les mois avant de faire droit à la requête des courageux
officiers ; et la misère des compagnons de Christophe
devint si extrême, qu'une révolte s'ensuivit. Bientôt

l'attente sans espoir, l'isolement du monde connu et la crainte de mourir abandonnés dans cette île sauvage aigrirent ces malheureux qui attribuèrent leurs malheurs à leur chef. Soupçonnant Christophe de ne pas oser se rendre à Hispaniola dont on lui avait fermé l'entrée, de n'y avoir envoyé Mendez et Fieschi que pour faire sa paix avec la Cour, de s'embarrasser si peu du sort de ses gens, qu'il n'avait peut-être fait échouer ses navires que pour mieux assurer le rétablissement de sa fortune, ils en conclurent qu'une juste prudence obligeait chacun de penser à soi et de ne pas attendre que le mal fût sans remède. Les plus violents ajoutèrent qu'Oviando n'étant pas en bons rapports avec les Colomb, ne ferait un crime à personne de les avoir quittés ; que le ministre des Indes Occidentales, leur ennemi, n'en ferait qu'un meilleur accueil à ceux qui reviendraient sans eux ; et que le roi, enfin persuadé que personne ne pouvait vivre avec ces étrangers, prendrait enfin le parti d'en délivrer l'Espagne.

Ces discours tenus d'abord en secret, se répandirent ensuite avec tant d'ostentation, que les mécontents, ne gardant plus de mesure, s'assemblèrent le 2 janvier 1504 et prirent les armes sous la conduite de *Diégo* et *Francisco de Poras,* que Colomb avait toujours traités comme ses fils et qu'il avait investis des principaux commandements de l'escadre. Colomb était alors cloué sur sa couche par les plus cruelles infirmités. L'aîné des deux frères vint lui demander avec insolence si son dessein n'était pas de retarder le plus possible son départ pour l'Espagne et de faire auparavant périr tous les équipages.

Christophe lui répondit avec douceur qu'il ne comprenait pas d'où pouvait lui venir une aussi outrageante supposition. *Tout le monde sait comme moi, dit-il, que si l'on a relâché dans cette île et que si l'on y est encore, c'est parce qu'on n'a pas eu d'autre choix ; que j'ai envoyé demander des navires à Saint-Domingue et que je ne pouvais rien faire de plus ; que je ne suis pas moins intéressé que tous les autres à retourner en Europe ; que d'ailleurs je n'ai jamais rien fait sans demander l'avis du Conseil, et que si l'on a quelque chose d'utile à me proposer, je suis tout prêt à l'embrasser avec joie.*

Ce discours aurait calmé des gens moins emportés, mais l'esprit de sédition ne connaissant pas la raison, le trésorier militaire reprit brusquement la parole, prévenant Christophe qu'il n'était plus question de discourir, mais de s'embarquer à l'heure même, et que ceux qui ne voulaient pas le suivre pouvaient rester à la garde du ciel. Aussitôt un bruit confus de voix s'éleva parmi les gens de guerre ! *Castille ! Castille !* criaient les uns tandis que les autres demandaient : Que ferons-nous du capitaine ? Une réponse terrible se fit entendre : *Qu'il meure !...*

Colomb voulut se lever, mais terrassé par le mal il retomba sur son lit, et ne pouvant que lever les mains vers le ciel, il chercha par les accents les plus touchants à faire rentrer les rebelles dans le devoir. Ses efforts furent inutiles, les séditieux ne voulurent écouter ni ses remontrances, ni ses conseils, et non contents de mépriser ses ordres comme ses larmes, ils raillèrent sa vieillesse, ses cheveux blancs, ses intolérables souffrances, et finirent par lever le fer sur sa tête. Sans l'intervention du jeune Diégo et de Barthélemy qui firent un rempart de leur corps à l'ambassadeur de Dieu, c'en était fait de la vie de Colomb, et ce fut sous l'impression douloureuse de cette odieuse tentative, que Christophe traça ces lignes destinées au roi d'Espagne.

Je n'ai eu jusqu'à présent que des sujets de larmes, et je puis dire que je n'ai guère jamais cessé d'en répandre. Que le Ciel me fasse miséricorde, et que la terre pleure sur moi! J'accomplissais ma dix-huitième année quand je vins au service de Vos Altesses, et maintenant je n'ai pas sur la tête un cheveu qui ne soit blanc. Je suis malade; j'ai dépensé tout ce que j'avais, et l'on m'a enlevé et vendu à moi comme à mes frères, tout ce que je possédais. Je suis même tellement à sec, qu'il ne me reste pas une livre à donner pour l'amour de Dieu. Isolé dans mes souffrances, épuisé attendant la mort de jour en jour, entouré d'hommes remplis de cruauté; quiconque a des entrailles de charité; quiconque aime la justice et la vérité, qu'il pleure sur moi!...

Dès le même jour, les révoltés avaient pris le chemin de la pointe orientale de l'île. Là, ils s'arrêtèrent, et usèrent des dernières violences envers les Américains qu'ils dépouillèrent de toutes leurs ressources, leur disant qu'ils pouvaient se faire payer par Christophe ou le tuer s'il refusait de les satisfaire, et cela avec d'autant moins de pitié, que lui-même avait résolu de les exterminer. Puis ils entreprirent de traverser le golfe sans se laisser arrêter par l'agitation des flots. Mais à peine avaient-ils fait quelques lieues, que leurs pirogues se remplirent d'eau, et que pour les alléger, ils durent se débarrasser de tout leur bagage. Bientôt les plus terribles coups de vent augmentèrent le péril, ils n'hésitèrent plus à jeter à la mer les pauvres indigènes qu'ils avaient emmenés dans leurs propres canots ; ils frappèrent de leurs épées nues les malheureux qui essayaient de résister et coupèrent les mains de ceux qui en nageant pour se sauver, tentaient de se reposer en s'accrochant aux bordages. Ils en massacrèrent ou en noyèrent ainsi une vingtaine, ne laissant la vie qu'à ceux dont ils se servaient comme pilotes, pour conduire ces barques qu'ils ne savaient pas diriger.

Revenus à terre, ils ne purent s'entendre sur leurs projets ; les uns voulaient continuer à louvoyer le long des côtes ; les autres proposaient de retourner vers Christophe sous prétexte de se réconcilier avec lui, mais en réalité pour piller une seconde fois le peuple indien ; d'autres, enfin, les troisièmes désiraient reprendre le chemin soit de Cuba, soit de Saint-Domingue. Tous finirent par se disperser dans l'île qu'ils ravagèrent à l'envi, ne vivant que de rapines, et causant mille maux aux insulaires pour en obtenir des vivres.

Cependant quarante-huit hommes parmi lesquels se trouvaient beaucoup de malades, s'étaient refusés à suivre l'exemple de leurs compagnons, et étaient demeurés auprès du Génois. Oubliant ses souffrances,

Colomb se fit porter au milieu d'eux, les exhorta par les paroles les plus touchantes à mettre toute leur confiance en Dieu, et leur promit de solliciter de la reine la récompense de leur fidélité. Puis il fit régner parmi eux une exacte discipline qu'il sut adoucir par des attentions vraiment paternelles, et parvint ainsi à établir l'ordre et la paix parmi son petit monde. Mais malgré tous ses soins, la misère s'accrut peu à peu et la famine devint menaçante. Les indigènes, en effet, se lassaient de nourrir ces étrangers dont le prestige était tombé avec leur gloire ; ayant compris par leurs dissensions qu'ils n'étaient comme eux que de simples mortels, ils avaient appris en même temps à ne plus les respecter, ni les craindre, et ils se décidèrent à les laisser mourir de faim. Dans cette extrémité, le héros chrétien pria, et le Ciel lui inspira la pensée d'un stratagème qui devait pleinement réussir.

Une éclipse de lune prévue et calculée par Colomb devait avoir lieu un certain jour. A cette date, il sollicita une entrevue avec les caciques et les principaux habitants du pays, au sujet d'une fête qu'il voulait leur donner, ce qui les décida tous à accepter l'invitation. Dès qu'il les vit réunis, Christophe leur fit tenir ce langage par l'un de ses interprètes :

Nous sommes des chrétiens adorant un Dieu qui habite le ciel et qui plein d'amour pour les bons, châtie terriblement les méchants, même quand ils sont des rois. Vous avez pu voir qu'il n'a pas permis à ceux d'entre nous qui se sont révoltés, de passer dans l'île espagnole ainsi qu'ont pu le faire les fidèles que nous avons nous-mêmes envoyés. C'est pourquoi ce Dieu qui nous aime, voyant que vous ne voulez plus nous apporter ni nous vendre aucune provision, est fort irrité contre vous, et a résolu de vous envoyer toutes sortes de fléaux et de maladies. Or, comme vous pourriez ne pas avoir foi en ces paroles, qu'il m'a chargé de vous faire entendre, sachez qu'il se propose de vous montrer, la nuit prochaine, un signe de sa colère, en mettant sur la lune une sombre teinte de sang, qui vous sera une preuve des maux qui vous menacent.

Tout se passa comme l'avait annoncé Christophe. L'ombre de la terre vint, à un moment donné, cacher la lune dont le disque semblait rougi par quelque monstre formidable. A cette vue les sauvages épouvantés se jetèrent aux pieds de Colomb, le suppliant d'intéresser le ciel en leur faveur, et promettant de mettre toutes leurs richesses à la disposition de ses gens. Après quelques hésitations habilement jouées, Christophe feignit de se rendre à leurs prières, sous prétexte d'implorer la Divinité, il courut s'enfermer sous sa tente pendant toute la durée de l'éclipse, et il ne reparut qu'au moment où le phénomène touchait à sa fin. Alors il annonça aux insulaires que le ciel s'était laissé gagner, et le bras étendu, il commanda à la lune de reparaître. Bientôt le disque sortit du cône d'ombre qui le recouvrait et l'astre des nuits brilla dans toute sa splendeur. A partir de ce jour, les Indiens reconnaissants et soumis, acceptèrent cette autorité de Christophe que les puissances célestes leur imposaient d'une manière si évidente.

Mais humble et modeste dans cette circonstance comme dans toutes celles de sa vie, Colomb n'eut garde de s'attribuer l'honneur d'un tel succès, et une fois de plus, il rendit grâce à Notre-Seigneur qui lui avait été si opportunément secourable, en permettant qu'aidé de la science humaine, il se fût révélé à ces peuples ignorants comme participant de la puissance divine.

Pendant que ces événements se passaient à la Jamaïque, Mendez et Fieschi, après une miraculeuse traversée de quatre jours opérée dans un frêle canot, avaient depuis longtemps rempli leur courageuse mission, en faisant connaître au gouverneur de Saint-Domingue la situation désespérée de leur chef. Mais toujours haineux et méchant, Oviando avait commencé par retenir les deux officiers sous le prétexte de se rendre compte du véritable état des choses; et ce ne fut qu'au bout de huit mois, qu'il se décida à envoyer vers Colomb, un des hommes qu'il jugeait le plus propre à seconder ses misérables vues. *Diégo d'Escobard,* en effet, était un de ceux qui jadis s'était uni à *Roldan Himénès* pour se révolter contre Christophe, et qui ayant été pour ce crime, condamné à la peine de mort, n'en avait juré qu'une haine encore plus implacable à l'illustre Génois. Aussi devait-il remplir avec exactitude les ordres qui lui furent donnés, ordres qui consistaient à ne pas même descendre sur le rivage, à ne point approcher des vaisseaux de Christophe, à n'avoir aucun entretien avec lui, ni avec aucun de ses compagnons, et à ne lui remettre que la lettre du gouverneur. Escobard suivit de point en point ces diverses recommandations ; après avoir mouillé à quelque distance des navires échoués, il alla seul, dans un canot, déposer sur la rive un baril de vin et un porc ; fit appeler Christophe pour lui donner la missive dont il était porteur, et s'éloigna en toute hâte, disant à haute voix qu'Oviando était bien fâché du malheur de Colomb, mais qu'il ne pouvait encore le tirer de sa pénible situàtion, et qu'il se bornait à lui envoyer ces provisions comme signe de son amitié.

Christophe fut profondément affligé de cette cruelle raillerie; mais il ne fit entendre aucune plainte, et s'appliqua à ranimer l'espérance de ses hommes, en leur représentant que leur infortune étant connue, la délivrance n'était plus qu'une affaire de temps. D'un autre côté, instruit par la lettre d'Oviando que Mendez affrétait un navire pour arriver à son secours, il n'eut plus qu'un souci, celui d'en informer Poràs et tous les révoltés, afin que toute dissension oubliée, ils vinssent se joindre à lui en prévision d'un départ que l'on pouvait regarder comme prochain. Il députa donc vers eux deux de ses gens sur lesquels il savait pouvoir le plus compter, et qu'il chargea de leur remettre la moitié des vivres reçus de la colonie espagnole. Mais au lieu de se sentir touché par une aussi noble et aussi généreuse conduite, le chef des rebelles accueillit les envoyés avec hauteur et défiance; tenant pour suspectes toutes leurs affirmations, ne voulant voir dans leur démarche qu'un de ces actes de perfidie dont le Génois était coutumier, et refusant de se rendre à tout arrangement comme à toute indulgence.

Poras ne se contenta pas de mépriser les avances pacifiques de Colomb, il se plaça à la tête des siens pour se rendre auprès de lui et le faire prisonnier, se mit en marche sans le moindre retard. L'ambassadeur de Dieu frémit d'indignation devant une telle ingratitude, mais la prudence l'emportant toujours chez lui sur la colère, il envoya son frère accompagné de cinquante hommes vers ses ennemis, afin de les exhorter de nouveau à la soumission, et d'offrir en son nom un pardon général à ceux qui consentiraient à l'accepter. *Tue! tue!* fut la seule réponse qui accueillit cette magnanime proposition, et les Espagnols se virent même dans la nécessité de se défendre les armes à la main; toutefois, un seul des leurs périt dans ce combat inattendu qui coûta la vie à la plupart des révoltés. Ceux qui échappèrent à la mort vinrent le lendemain, 20 mai, exprimer leur repentir et promettre obéissance à Christophe, dont la clémence prit en considération leurs longues épreuves et oublia promptement tous leurs torts.

Enfin, un an seulement après le départ de Mendez et de Fieschi, parut le navire tant désiré.

Le 28 juin 1504, les naufragés quittèrent la Jamaïque et firent voile vers l'île espagnole. Arrêtés sans cesse par les vents contraires qui à chaque instant les rejetaient sur la côte dont ils voulaient s'éloigner, ils n'arrivèrent que le 13 août au port de Saint-Domingue. Après un exil de seize mois, Christophe accablé d'années, d'infirmités et de revers, put revoir, pendant quelque jours, le pays dont la conquête lui avait coûté tant de peines, de travaux et de fatigues. Contre son attente, Oviando le reçut avec tous les témoignages de la considération et de la joie ; lui-même vint à sa rencontre au moment du débarquement, lui donna un logement dans sa propre maison, et affecta de le traiter avec les plus grands égards. Mais sa conduite démentit bientôt de si louables apparences : Colomb, en effet, demeura exclu de toute influence dans le gouvernement de la colonie ; peu à peu, il vit ses ennemis en faveur ; ses gens, expulsés ou persécutés ; ses biens, confisqués ; ses revenus, dilapidés, et il n'eut plus qu'à pleurer sur la ruine et l'esclavage de cette terre qu'il avait rendue si florissante, et qu'il retrouvait semblable à un immense cimetière. Le rêve qu'il avait formé de répandre la civilisation européenne parmi les Indiens ; de les initier au commerce et aux arts, et surtout de les convertir au Christianisme, s'était évanoui ; des cinq grandes tribus qui peuplaient jadis les montagnes et les bourgades d'Isabelle, la plupart avaient disparu, et la population qui s'élevait alors à 2,000,0000 d'hommes n'en comptait plus que 1,400.

« *Je puis assurer*, écrivait à ce sujet l'explorateur aux souverains de Castille, *que les cinq sixièmes des indigènes sont morts par suite des traitements barbares et inhumains dont ils ont été l'objet, ou des travaux acccablants auxquels ils ont été soumis ; le reste, se meurt de faim.* »

Cette pénible situation hâta le départ de Christophe pour l'Espagne ; et le 12 septembre 1504, accompagné de sa famille et de ses plus fidèles serviteurs, il reprit pour la quatrième et dernière fois, le chemin de l'Europe.

CHAPITRE XXV

Mort de Christophe Colomb.

Les épreuves de Christophe ne devaient pas finir en même temps que sa glorieuse mission. A peine était-il hors du port de Saint-Domingue, que son navire perdit son grand mât ; toutefois cet incident ne lui inspira point la pensée de retourner aux lieux dont il s'éloignait avec tant de tristesse, et il se contenta de renvoyer à la colonie le bâtiment avarié, et de prendre place dans le vaisseau de son frère. Le 19 octobre, il eut à subir une épouvantable tempête, et celle-ci n'était pas apaisée, que le mât de la seconde caravelle se fendit à son tour, ne laissant plus que l'antenne qui fut fortifiée de perches et de cordages, afin de pouvoir continuer la navigation. Un nouvel ouragan renversa bientôt la contre-misaine ; mais plein de confiance dans le secours du Ciel, le Messager de Dieu ne perdit pas courage et n'hésita nullement à parcourir sur un esquif désemparé, les sept cents lieues qui le séparaient de l'Espagne. Enfin, le 7 novembre, après de longs et pénibles retards, Christophe arrivait au port de *San Lucar de Barameda,* vaincu de forces, mourant de corps, invincible d'esprit, immortel de foi, de volonté et d'espérance.

Le débarquement du héros s'opéra sous de tristes auspices; le ciel était sombre, la mer irritée, la température glaciale; mais la pensée de revoir sa souveraine rendait le Génois insensible aux inclémences de la nature, et déjà il songeait aux moyens de se rendre à la Cour, lorsqu'une nouvelle foudroyante vint anéantir son dernier espoir. Minée par une incurable maladie, Isabelle de Castille se mourait à sa résidence de *Medina del Campo*, et, le 26 novembre 1504, la reine catholique rendait son âme à Dieu. On trouve dans la lettre écrite dans cette occasion, par Christophe Colomb à son fils Diégo, l'expression de la douleur que lui causa cet événement.

De toutes mes peines, dit-il, *celle-là est la plus amère comme la plus vivement sentie, et le mal que j'éprouve est si affreux que je dois faire un grand effort pour tracer ces lignes. O mon fils! que ceci te soit une leçon de ce que tu auras à faire désormais. La première chose est de recommander pieusement et affectueusement à Dieu l'âme de notre Souveraine que j'aimais plus encore pour la grandeur de sa foi que pour sa généreuse protection. Elle fut si bonne et si sainte, qu'il nous est permis d'espérer sa gloire éternelle et son abri dans le sein de Dieu contre les soucis et les tribulations de ce monde. La seconde chose que j'attends de toi,* ajoutait Colomb, toujours reconnaissant et toujours fidèle, même au milieu de ses dis-

grâces, c'est de veiller et de travailler au service du roi,
car il est le chef de la Chrétienté. Souviens-toi, en pensant
à lui, que lorsque la tête souffre, tous les membres sont
en souffrance ; donc, tout le monde doit prier pour la con-
solation et la conservation de ses jours, mais nous surtout,
qui sommes ses serviteurs.

Hélas ! Ferdinand devait bien mal reconnaître d'aussi
nobles sentiments. Ce fut en vain que l'Explorateur du
Nouveau Monde fit un premier appel à sa charité comme
à sa justice ; et, lorsque au mois de mai 1505, Christophe se rendit à la cour de Ségovie, le monarque ingrat
et envieux, le reçut avec la plus grande froideur. Ayant
enfin apprécié à leur juste valeur les avantages immenses
qui pouvaient résulter de la conquête des Indes, il
n'avait pas tarder à regretter d'avoir investi le héros
d'un pouvoir aussi étendu sur les terres découvertes, et
de l'avoir associé, pour une aussi large part aux bénéfices qui devaient lui revenir. Aussi eut-il recours aux
faux-fuyants, aux lenteurs calculées, aux prétextes
habiles, pour se dégager de ses promesses, et ne crai-
gnit-il pas de proposer à Christophe, en échange de
ses propriétés et de ses titres, une petite ville de Castille, *Camon de Los Condes.* Mais Colomb refusa avec
dignité cette déloyale transaction, et se contenta de
répondre à son souverain :

J'ai servi Vos Majestés avec autant de zèle et de cons-
tance, que je l'aurais fait pour mériter le paradis ; si
j'ai failli en quelque chose, c'est que mon esprit et mes
forces n'allaient pas au delà. Maintenant Votre Altesse

ne juge pas à propos d'exécuter les engagements que j'ai reçus d'elle et de la reine, sur leur parole et sous leur sceau : lutter contre votre volonté, ce serait lutter contre le vent. J'ai fait tout ce que je devais faire ; que Dieu qui m'a toujours été favorable, fasse le reste selon sa divine justice.

Toutefois, tant d'ingratitude accabla le vieillard qui se trouvait aux prises avec la maladie autant qu'avec les plus pénibles embarras pécuniaires.

Après vingt ans de services et de fatigues, écrivait-il alors à son fils, *après de si nombreux et de si grands périls, je ne possède pas en Espagne un toit pour abriter ma tête. Si je veux manger ou dormir, il me faut aller à l'hôtellerie, et, le plus souvent, je n'ai pas de quoi payer mon écot.*

Bientôt il sentit que sinon la constance, du moins la vie allait l'abandonner. Sur son ordre, Barthélemy et Diégo s'étaient absentés pour aller implorer en sa faveur la fille d'Isabelle, la reine Juana, revenue de Flandre en Castille, et il n'avait plus auprès de lui que quelques serviteurs et son fils Fernando. L'angoisse morale, la douleur physique, le triomphe de ses ennemis, la dérision des courtisans, un sentiment d'ineffable pitié pour cette race innocente d'Indiens qu'il aurait voulu rendre chrétiens et libres, et qui gémissaient sous un joug cruel, la pensée de ses frères sans soutien et de ses fils sans patrimoine ; toutes les tribulations du passé et du présent ; toutes les tortures de l'âme, de l'esprit, du corps et du cœur, pesèrent à la fois sur le héros abandonné, mourant dans une chambre d'auberge, dans toute l'agonie du génie et du mérite méconnus. Sentant sa fin venir, il demanda à l'un des derniers compagnons de ses traversées, de ses gloires et de ses épreuves, de lui apporter sur son lit un petit bréviaire, don du pape Alexandre VI, et de sa main tremblante y écrivit son testament.

Étrange ironie !... cet infortuné couché sur un grabat, distribuait à ses enfants des mers, des hémisphères, des continents, des îles et des empires, ne pouvant croire encore à la violation des traités qui jadis avaient réglé sa fortune ; il partageait ses revenus avec libéralité et sagesse entre les différents membres de sa famille ; faisait de Diégo son héritier principal, et le chargeait de faire une opulente pension à son jeune frère *qu'il lui recommandait d'aimer toujours, les frères étant,* selon lui, *les meilleurs amis que l'on puisse posséder.*

Puis, reportant sa pensée vers sa première patrie, il eut un souvenir pour le pays qui l'avait vu naître, et où il restait encore quelques membres de sa famille :

J'ordonne à Diégo, mon fils, écrivait-il, *d'entretenir toujours dans la ville de Gênes des relations avec nos parents et de leur assurer une existence honorable, telle qu'il convient aux personnes qui nous sont alliées. Mais à la condition qu'ils conserveront pied et nationalité dans cette cité où je suis né et d'où je suis venu.*

Que mon fils, ajoutait-il avec ce sentiment chevaleresque qui était la seconde religion du Moyen-Age, *serve en mémoire de moi, le roi, la reine et leurs successeurs, même jusqu'à la perte des biens et de la vie, puisque, après Dieu, ce sont eux qui m'ont fourni les moyens de faire mes premières découvertes.*

Il est vrai, reprenait-il comme sous l'impression d'une involontaire mélancolie, *que je suis venu les leur offrir de loin, et qu'il s'est écoulé bien du temps avant que Leurs Majestés aient voulu croire au présent que je leur apportais ; mais cela était naturel, car c'était un mystère pour tout le monde, et il ne pouvait inspirer qu'incrédulité. C'est pourquoi je dois en partager la gloire avec ces souverains qui se sont les premiers fiés à moi.*

Un Père franciscain assista Christophe dans les luttes suprêmes de l'agonie. Le 26 juin 1506, sentant ses forces diminuer sensiblement, Christophe Colomb se fit revêtir de la robe des religieux de Saint-François et demanda lui-même l'Extrême-Onction. A partir de ce moment, toutes ses pensées se reportèrent vers ce Dieu qu'il avait toujours considéré comme son souverain Maître, et dont il avait été le docile instrument. La résignation et l'enthousiasme, ces deux grands ressorts de sa vie animèrent encore ses derniers instants ; courbé sous la main de la nature qui le terrassait, on eût dit qu'il se relevait sous la main divine qu'il avait toujours vue à travers tous les événements de son existence et qu'il adorait encore, au terme de sa vie ; et après s'être abîmé dans le repentir de ses fautes, on le vit sourire à l'espérance de sa double immortalité. Ce fut à la poésie sacrée des psaumes de l'Église qu'il emprunta les dernières inspirations de son âme, et la dernière prière tombée de ses lèvres fut cette parole prononcée par le Dieu du Calvaire : *Seigneur, je remets mon âme entre vos mains.* . . . . . .

. . . .

L'envie et l'ingratitude des ennemis du Génois ne se dissipèrent point avec sa mort. Seuls, les saints religieux qui s'étaient faits durant son existence ses consolateurs et ses amis, veillèrent son humble dépouille ; et une foule bien peu nombreuse suivit son pauvre convoi à la cathédrale de Sainte-Marie l'Ancienne où les obsèques furent modestement célébrées. Ce fut encore auprès des fils de Saint-François que ce génie méconnu trouva son suprême asile ; et pendant sept années, le silence de son dernier sommeil ne fut interrompu que par les prières des habitants du cloître de l'observance qui l'avaient inhumé dans leur propre maison.

Mais, peu à peu, la haine dont le héros avait été l'objet finit par s'apaiser ; et Ferdinand, reconnaissant son injustice éprouva le tardif besoin de la réparer. Non seulement il rétablit les fils de Christophe dans les dignités auxquelles ils avaient droit, mais il ne voulut plus tarder davantage à faire sortir cette illustre mémoire de l'outrageant oubli dans lequel tout le premier, il n'avait pas craint de la laisser. Par ses ordres, en l'année 1513, le corps du navigateur fut transporté en grande pompe à Séville, où les Chartreux de Sainte-Marie des Grottes regardèrent comme une faveur d'être choisis pour être les gardiens de ses cendres en attendant leur translation sur la terre de Saint-Domingue.

Ce ne fut qu'au cours de l'année 1526, qu'une caravelle frétée par le royaume de Castille, reçut à bord le
corps cette fois inanimé du Conquérant du Nouveau
Monde, pour le déposer quelques mois plus tard sur les
rivages qu'il avait découverts. Pendant deux siècles et
demi, Hispaniola conserva dans les caveaux de sa cathédrale cet illustre tombeau dont la solitude ne devait
guère être troublée que par la visite des curieux et des
indifférents. Il était réservé à la France de faire oublier
à la postérité cet universel abandon, et de rappeler à
l'ingrate Espagne le souvenir du héros auquel elle devait
une partie de sa gloire.

En 1604, en effet, des aventuriers français se fixèrent
à la Guyane et y établirent la colonie de Cayenne qui,
exploitée d'abord par eux, fut dans la suite, en 1664,
confié à la Grande Compagnie des Indes, fondée par
Colbert. A peine Philippe V était-il monté sur le trône
d'Espagne, que l'habile ministre de Louis XIV sollicita
et obtint de sa politique, l'abandon fait à la France de
la portion de l'île occupée par nos compatriotes. Le
traité de Bâle confirma cette donation, mais les cendres
des grands hommes sont des trésors sacrés qu'un peuple
soucieux de son honneur et de ses traditions ne doit pas
laisser à des étrangers ; et les Castillans décidèrent que
celles du célèbre navigateur seraient religieusement trans-
portées à la Havane, dans cette même terre de Cuba que
Christophe avait déclarée être la plus belle qu'il avait
jamais vue.

L'amiral Gabriel Aristizadbat fut chargé du commandement de l'escadre qui devait former le funèbre cortège, et le 29 décembre 1795, eut lieu l'imposante cérémonie. Le tombeau placé au côté de l'autel dans la cathédrale d'Haïti fut officiellement ouvert, mais l'on ne recueillit que quelques lames de plomb brisées, et quelques ossements humains mélangés de terre qui furent recueillis avec une soucoupe. Puis, on déposa ces différents débris dans une caisse de plomb doré, à son tour enfermée dans un riche cercueil recouvert de velours noir bordé de galons d'or; et au son des cloches et des tambours, le cercueil fut porté sur le brigantin *le Découvreur*, pour devenir la possession de la *Reine-des-Antilles*.

Mais les Espagnols avaient fait erreur; les restes mortels enlevés de la cathédrale d'Haïti n'étaient pas ceux du héros. Des fouilles effectuées dans la basilique, en 1877, par ordre de Mgr Rocco-Cocchia, archevêque de Saint-Domingue, amenèrent, en effet, la découverte d'une caisse quadrangulaire à la surface de laquelle apparaissaient ces caractères : *Primer Almirante*, Premier Amiral. Tous les fonctionnaires civils et ecclésiastiques furent convoqués pour assister à l'ouverture de cette sorte de coffre, où l'on trouva avec des ossements, trois inscriptions authentiques portant le nom et les titres du vice-roi des Indes.

Ce fut alors que des fêtes splendides furent organisées pour rendre à la mémoire de Christophe Colomb tous les honneurs auxquels elle avait droit; et secondées par l'enthousiasme français et chrétien, la reconnaissance et l'admiration des peuples éclatèrent bientôt de toutes parts.

Aujourd'hui la gloire de l'Ambassadeur de Dieu est universellement reconnue et proclamée. Par les soins de l'infortunée reine Marie-Amélie le couvent de la Rabida est devenu pour l'Espagne une sorte de pèlerinage national ; sous le règne d'Isabelle II, les Cortès ont fait élever à Madrid une magnifique statue du grand navigateur ; le roi Charles Albert lui a fait rendre le même hommage par la ville de Gênes ; et la France, toujours une des premières à payer son tribut d'admiration à l'héroïsme, a dignement honoré Christophe Colomb dans la statue placée par son initiative, à l'entrée du port de Suez ; et les fêtes récentes du 12 octobre 1892 ont porté dans les deux mondes ce nom glorieux que n'a pas su revendiquer l'Amérique.

Mais l'Envoyé de Dieu doit à l'Église le plus beau et le plus éclatant de ses triomphes. Déjà sa béatification a été sollicitée du Saint Siège ; une foule d'évêques de toutes les nations ont supplié le Souverain Pontife de vouloir bien entreprendre l'instruction de cette cause ; une information sur les vertus et les miracles du grand apôtre de la foi a été commencée ; et il est permis d'espérer que bientôt nous pourrons lui dire comme à Jeanne d'Arc :

Vénérable Christophe Colomb, priez pour nous.

FIN

— Lille. Typ. A. Taffin-Lefort. 6.